梁實秋

雅舍小品

梁实秋 著

人民文学出版社

图书在版编目（CIP）数据

雅舍小品/梁实秋著．--北京：人民文学出版社，2024
ISBN 978-7-02-018558-0

Ⅰ．①雅… Ⅱ．①梁… Ⅲ．①散文集－中国－现代 Ⅳ．①I266

中国国家版本馆CIP数据核字（2024）第056185号

责任编辑　温　淳
装帧设计　刘　远
责任印制　王重艺

出版发行　人民文学出版社
社　　址　北京市朝内大街166号
邮政编码　100705

印　　刷　三河市中晟雅豪印务有限公司
经　　销　全国新华书店等

字　　数　77千字
开　　本　787毫米×1092毫米　1/32
印　　张　6.25　插页1
印　　数　1—5000
版　　次　2024年5月北京第1版
印　　次　2024年5月第1次印刷

书　　号　978-7-02-018558-0
定　　价　45.00元

如有印装质量问题，请与本社图书销售中心调换。电话：010-65233595

序

　　二十八年实秋入蜀，居住在北碚雅舍的时候最久。他久已不写小品文，许多年来他只是潜心于读书译作。入蜀后，流离贫病，读书译作亦不能像从前那样顺利进行。刘英士在重庆办《星期评论》，邀他写稿，"与抗战有关的"他不会写，也不需要他来写，他用笔名一连写了十篇，即名为"雅舍小品"。刊物停办，他又写了十篇，散见于当时渝昆等处。战事结束后，他归隐故乡，应张纯明之邀，在《世纪评论》又陆续发表了十四篇，一直沿用"雅舍小品"的名义，因为这四个字已

为不少的读者所熟知。我和许多朋友怂恿他辑印
小册，给没读过的人一个欣赏的机会。

　　一个人有许多方面可以表现他的才华。画家
拉斐尔不是也写过诗吗？诗人但丁不是也想画
吗？"雅舍小品"不过是实秋的一面。许多人喜
欢他这一面，虽然这不是他的全貌。也许他还有
更可贵的一面呢。我期待着。

　　　　　　　　　　　三十六年六月，业雅

目 录

雅舍

　　到四川来，觉得此地人建造房屋最是经济。火烧过的砖，常常用来做柱子，孤零零的砌起四根砖柱，上面盖上一个木头架子，看上去瘦骨嶙嶙，单薄得可怜；但是顶上铺了瓦，四面编了竹篾墙，墙上敷了泥灰，远远的看过去，没有人能说不像是座房子。我现在住的"雅舍"正是这样一座典型的房子。不消说，这房子有砖柱，有竹篾墙，一切特点都应有尽有。讲到住房，我的经验不算少，什么"上支下摘""前廊后厦""一楼一底""三上三下""亭子间""茅草棚""琼楼玉宇"和"摩天大厦"，各式各样，我都尝试过。

我不论住在哪里，只要住得稍久，对那房子便发生感情，非不得已我还舍不得搬。这"雅舍"，我初来时仅求其能蔽风雨，并不敢存奢望，现在住了两个多月，我的好感油然而生。虽然我已渐渐感觉它是并不能蔽风雨，因为有窗而无玻璃，风来则洞若凉亭，有瓦而空隙不少，雨来则渗如滴漏。纵然不能蔽风雨，"雅舍"还是自有它的个性。有个性就可爱。

"雅舍"的位置在半山腰，下距马路约有七八十层的土阶。前面是阡陌螺旋的稻田。再远望过去是几抹葱翠的远山，旁边有高粱地，有竹林，有水池，有粪坑，后面是荒僻的榛莽未除的土山坡。若说地点荒凉，则月明之夕，或风雨之日，亦常有客到。大抵好友不嫌路远，路远乃见情谊。客来则先爬几十级的土阶，进得屋来仍须上坡，因为屋内地板乃依山势而铺，一面高，一面低，坡度甚大，客来无不惊叹。我则久而安之，每日由书房走到饭厅是上坡，饭后鼓腹而出是下坡，亦不觉有大不便处。

"雅舍"共是六间，我居其二。篦墙不固，门窗不严，故我与邻人彼此均可互通声息。邻人轰饮作乐，咿唔诗章，喁喁细语，以及鼾声、喷嚏声、吮汤声、撕纸声、脱皮鞋声，均随时由门窗户壁的隙处荡漾而来，破我岑寂。入夜则鼠子瞰灯，才一合眼，鼠子便自由行动，或搬核桃在地板上顺坡而下，或吸灯油而推翻烛台，或攀援而上帐顶，或在门框桌脚上磨牙，使得人不得安枕。但是对于鼠子，我很惭愧地承认，我"没有法子"。"没有法子"一语是被外国人常常引用着的，以为这话最足代表中国人的懒惰隐忍的态度。其实我的对付鼠子并不懒惰。窗上糊纸，纸一戳就破；门户关紧，而相鼠有牙，一阵咬便是一个洞洞。试问还有什么法子？洋鬼子住到"雅舍"里，不也是"没有法子"？比鼠子更骚扰的是蚊子。"雅舍"的蚊风之盛，是我前所未见的。"聚蚊成雷"真有其事！每当黄昏时候，满屋里磕头碰脑的全是蚊子，又黑又大，骨骼都像是硬的。在别处蚊子早已肃清的时候，在"雅舍"则格外猖獗，来客偶不留心，则两腿伤处累累隆起如玉蜀黍，但是我仍安之。冬天一到，蚊子自然绝迹，明年夏天——谁知道我还是住在"雅舍"！

"雅舍"最宜月夜——地势较高，得月较先。看山头吐月，红盘乍涌，一霎间，清光四射，天空皎洁，四野无声，微闻犬吠，坐客无不悄然！舍前有两株梨树，等到月升中天，清光从树间筛洒而下，地上阴影斑斓，此时尤为幽绝。直到兴阑人散，归房就寝，月光仍然逼进窗来，助我凄凉。细雨蒙蒙之际，"雅舍"亦复有趣。推窗展望，俨然米氏章法，若云若雾，一片弥漫。但若大雨滂沱，我就又惶悚不安了。屋顶湿印到处都有，起初如碗大，俄而扩大如盆，继则滴水乃不绝，终乃屋顶灰泥突然崩裂，如奇葩初绽，砉然①一声而泥水下注，此刻满室狼藉，抢救无及。此种经验，已数见不鲜。

---

① 砉，读 huā，形容迅速动作的声音。

　　"雅舍"之陈设，只当得简朴二字，但洒扫拂拭，不使有纤尘。我非显要，故名公巨卿之照片不得入我室；我非牙医，故无博士文凭张挂壁间；我不业理发，故丝织西湖十景以及电影明星之照片亦均不能张我四壁。我有一几一椅一榻，酣睡写读，均已有着，我亦不复他求。但是陈设虽简，我却喜欢翻新布置。西人常常讥笑妇人喜欢变更桌椅位置，以为这是妇人天性喜变之一证。诬否且不论，我是喜欢改变的。中国旧式家庭，陈设千篇一律，正厅上是一条案，前面一张八仙桌，一边一把靠椅，两旁是两把靠椅夹一只茶几。我以为陈设宜求疏落参差之致，最忌排偶。"雅舍"所有，毫无新奇，但一物一事之安排布置俱不从俗。人入我室，即知此是我室。笠翁《闲情偶寄》之所论，正合我意。

　　"雅舍"非我所有，我仅是房客之一。但思"天地者万物之逆旅"，人生本来如寄，我住"雅舍"一日，"雅舍"即一日为我所有。即使此一日亦不能算是我有，至少此一日"雅舍"所能给予之苦辣酸甜，我实躬受亲尝。刘克庄词"客里似家家似寄"，我此时此刻卜居"雅舍"，"雅舍"即似我家。其实似家似寄，我亦分辨不清。

长日无俚，写作自遣，随想随写，不拘篇章，冠以"雅舍小品"四字，以示写作所在，且志因缘。

孩　子

　　兰姆是终身未娶的，他没有孩子，所以他有一篇《未婚者的怨言》收在他的《伊利亚随笔》里。他说孩子没有什么希奇，等于阴沟里的老鼠一样，到处都有，所以有孩子的人不必在他面前炫耀。他的话无论是怎样中肯，但在骨子里有一点酸——葡萄酸。

　　我一向不信孩子是未来世界的主人翁，因为我亲见孩子到处在做现在的主人翁。孩子活动的主要范围是家庭，而现代家庭很少不是以孩子为中心的。一夫一妻不能成为家，没有孩子的家像是一株不结果实的树，总缺点什么；必定等到小宝贝呱呱坠地，家庭的柱石才算放稳，男人开始做父亲，女人开始做母亲，大家才算找到各自的岗位。我问过一个并非"神童"的孩子："你妈妈是做什么的？"他说："给我缝衣的。""你爸爸呢？"小宝贝翻翻白眼："爸爸是看报的！"但是他随即更正说："是给我们挣钱的。"孩子的回答全对。爹妈全是在为孩子服务。母亲早晨喝稀饭，买鸡蛋给孩子吃；父亲早晨吃鸡蛋，买鱼肝油精给孩子吃。最好的东西都要献呈给孩子，否则，做父母的心里便起惶恐，像是做了什么大逆不道的事一般。孩子的健康及其舒适，成为家庭一切设施的一个主要先决问题。这种风气，自古已然，于今为烈。自有小家庭制以来，孩子的地位顿形提高。以前的"孝子"是孝顺其父母之子，今之所谓"孝子"，乃是孝顺其孩子之父母。孩子是一家之主，父母都要孝他！

　　"孝子"之说，并不偏激。我看见过不少的孩子，鼓噪起来能像一营兵；动起武来能像械斗；吃起东西来能像饿虎扑食；对于尊长宾客有如生番；不如意时撒泼打滚有如羊痫；玩得高兴时能把家具什物狼藉满室，有如惨遭洗劫……但是"孝子"式的父母则处之泰然，视若无睹，顶多皱起眉头，但皱不过三四秒钟仍复堆下笑容；危及父母的生存和体面的时候，也许要狠心咒骂几声，但那咒骂大部分是哀怨乞怜的性质，其中也许带一点威吓，但那威吓只能得到孩子的讪笑，因为那威吓是向来没有兑现过的。"孟懿子问孝，子曰：'无违。'"今之"孝子"深韪是说。凡是孩子的意志，为父母者宜多方体贴，勿使稍受挫阻。近代儿童教育心理学者又有"发展个性"之说，与"无违"之说正相符合。

体罚之制早已被人唾弃，以其不合儿童心理健康之故。我想起一个外国的故事：

一个母亲带孩子到百货商店。经过玩具部，看见一匹木马，孩子一跃而上，前摇后摆，跨踬满志，再也不肯下来。那木马不是为出售的，是商店的陈设。店员们叫孩子下来，孩子不听；母亲叫他下来，加倍不听；母亲说带他吃冰淇淋去，依然不听；买朱古力糖去，格外不听。任凭许下什么愿，总是还你一个不听。当时演成僵局，顿成胶着状态。最后一位聪明的店员建议说："我们何妨把百货商店特聘的儿童心理学专家请来解围呢？"众谋金同，于是把一位天生成有教授面孔的专家从八层楼请了下来。专家问明原委，轻轻走到孩子身边，附耳低声说了一句话，那孩子便像触电一般，滚鞍落马，牵着母亲的衣裙，仓皇遁去。事后有人问那专家到底对孩子说的是什么话，那专家说："我说的是：'你若不下马，我打碎你的脑壳！'"

这专家真不愧为专家，但是颇有不孝之嫌。这孩子假如平常受惯了不兑现的体罚、威吓，则这专家亦将无所施其技了。约翰孙博士主张不废体罚，他以为体罚的妙处在于直截了当，然而约翰孙博士是十八世纪的人，不合时代潮流！

哈代有一首小诗，写孩子初生，大家誉为珍珠宝贝，稍长都夸做玉树临风，长成则为非做歹，终至于陈尸绞架。这老头子未免过于悲观。但是"幼有神童之誉，少怀大志，长而无闻，终乃与草木同朽"——这确是个可以普遍应用的公式。"小时聪明，大时未必了了。"究竟是知言，然而为父母者多属乐观。孩子才能骑木马，父母便幻想他将来指挥十万貔貅时之马上雄姿；孩子才把一曲抗战小歌哼得上口，父母便幻想着他将来喉声一啭彩声雷动时的光景；孩子偶然拨动算盘，父母便暗中揣想他将来或能掌握财政大权，同时兼营投机买卖……这种乐观往往形诸言语，成为炫耀，使旁观者有说不出的感想。曾见一幅漫画：一个孩子跪在他父亲的膝头用他的玩具敲打他父亲的头，父亲眯着眼在笑，那表情像是在宣告："看看！我的孩子！多么活泼，多么可爱！"旁边坐着一位客人咧着大嘴作傻笑状，表示他在看着，而且感觉兴趣。这幅画的标题是《演剧术》。一个客人看着别人家的孩子而能表示感觉兴趣，这真确实需要良好的"演剧术"。兰姆显然是不欢喜演这样的戏。

孩子中之比较最蠢、最懒、最刁、最泼、最丑、最弱、最不讨人欢喜的，往往最得父母的钟爱。此事似颇费解，其实我们应该记得《西游记》中唐僧为什么偏偏欢喜猪八戒。

谚云"树大自直"，意思是说孩子不需管教，小时恣肆些，大了自然会好。可是弯曲的小树，长大是否会直呢？我不敢说。

音　乐

　　一个朋友来信说："……我从来没有像现在这样烦恼过。住在我的隔壁的是一群在×××服务的女孩子，一回到家便大声歌唱，所唱的无非是些××歌曲，但是她们唱的腔调证明她们从来没有考虑过原制曲者所要产生的效果。我不能请她们闭嘴，也不能喊'通'！只得像在理发馆洗头时无可奈何地用棉花塞起耳朵来……"

　　我同情于这位朋友，但是他的烦恼不是他一个人有的。我尝想，音乐这样东西，在所有的艺术里，是最富于侵略性的。别种艺术，如图画雕刻，都是固定的，你不高兴欣赏便可以不必寓目，各不相扰；惟独音乐，声音一响，随着空气波荡而来，照直侵入你的耳朵，而耳朵平常都是不设防的，只得毫无抵御的任它震荡刺激。自以为能书善画的人，诚然也有令人不舒服的时候。据说有人拿着素扇跪在一位书画家面前，并非敬求墨宝，而是求他高抬贵手，别糟蹋他的扇子。这究竟是例外情形。书家画家并不强迫人家瞻仰他的作品，而所谓音乐也者，则对于凡是在音波所及的范围以内的人，一律强迫接受，也不管其效果是沁人肺腑抑是令人作呕。

我的朋友对于隔壁音乐表示不满，那情形还不算严重。我曾经领略过一次四人合唱，使我以后对于音乐会一类的集会轻易不敢问津。一阵彩声把四位歌者送上演台，钢琴声响动，四位歌者同时张口，我登时感觉到有五种高低疾徐全然不同的调子乱撞我的耳鼓，四位歌者唱出四个调子，第五个声音是从钢琴里发出来的！五缕声音搅作一团，全不和谐。当时我就觉得心旌颤动，飘飘然如失却重心，又觉得身临歧路，彷徨无主的样子。我回顾四座，大家都面面相觑，好像都各自准备逃生，一种分崩离析的空气弥漫于全室。像这样的音乐是极伤人的。

"音乐的耳朵"不是人人有的，这一点我承认，也许我就是缺乏这种耳朵。也许是我的环境不好，使我的这种耳朵，没有适当的发育。我记得在学校宿舍里住的时候，对面楼上住着一位音乐家，还是"国乐"。每当夕阳下山，他就临窗献技，引吭高歌，配合着胡琴他唱"我好比……"在这时节我便按捺不住，颇想走到窗前去大声地告诉他，他好比是什么。我顶怕听胡琴，北平最好的名手××我也听过多少次数，无论他技巧怎样纯熟，总觉得唧唧的声音像是指甲在玻璃上抓。别种乐器，我都不讨厌，曾听古琴弹奏一段《梧桐雨》，琵琶乱弹一段《十面埋伏》，都觉得那确是音乐，惟独胡琴与我无缘。莎士比亚的《威尼斯商人》里曾说起有人一听见苏格兰人的风笛便要小便，那只是个人的怪癖。我对胡琴的反感亦只是一种怪癖罢？ 皮黄戏里的青衣花旦之类，在戏院广场里令人毛发倒竖，若是清唱则尤不可当，嘤然一叫，我本能地要抬起我的脚来，生怕是脚底下踩了谁的脖子！近听汉戏，黑头花脸亦唧唧锐叫，令人坐立不安；秦腔尤为激昂，常令听者随之手忙脚乱，不能自已。我可以听音乐，但若声音发自人类的喉咙，我便看不得粗了脖子红了脸的样子。我看着危险！我着急。

真正听京戏的内行人怀里揣着两包茶叶，踱到边厢一坐，听到妙处，摇头摆尾，随声击节，闭着眼睛体味声调的妙处，这心情我能了解，但是他付了多大的代价！他听了多少不愿意听的声音才能换取这一点音乐的陶醉！到如今，听戏的少，看戏的多。唱戏的亦竟以肺壮气长取胜，而不复重韵味。惟简单节奏尚是多数人所能体会，铿锵的锣鼓、油滑的管弦，都是最简单不过的，所以缺乏艺术教养的人，如一般大腹贾、大人先生、大学教授、大家闺秀、大名士、大豪绅，都趋之若鹜，自以为是在欣赏音乐！

在中西文化的交流中，我们的音乐（戏剧除外）也在蜕变，从"毛毛雨"起以至于现在流行×××之类，都是中国小调与西洋某一级音乐的混合，时而中菜西吃，时而西菜中吃，将来成为怎样的定型，我不知道。我对音乐既不能作丝毫贡献，所以也很坦然的甘心放弃欣赏音乐的权利，除非为了某种机缘必须"共襄盛举"不得不到场备员。至于像我的朋友所抱怨的那种隔壁歌声，在我则认为是一种不可避免的自然现象，恰如我们住在屠宰场的附近便不能不听见猪叫一样，初听非常凄绝，久后亦就安之。夜深人静，荒凉的路上往往有人高唱"一马离了西凉界……"我原谅他，他怕鬼，用歌声来壮胆，其行可恶，其情可悯。但是在天微明时练习吹喇叭，则是我所不解。"打——搭——大——滴——"一声比一声高，高到声嘶力竭，吹喇叭的人显然是很吃苦，可是把多少人的睡眠给毁了，为什么不在另一个时候练习呢？

在原则上，凡是人为的音乐，都应该宁缺毋滥。因为没有人为的音乐，顶多是落个寂寞。而按其实，人是不会寂寞的。小孩的哭声、笑声，小贩的吆喝声，邻人的打架声，市里的喧嚣声，到处"吃饭了么？""吃饭了么？"的原是应酬而现在变成性命交关的回答声——实在寂寞极了，还有村里的鸡犬声！最令人难忘的还有所谓天籁。秋风起时，树叶飒飒的声音，一阵阵袭来，如潮涌，如急雨，如万马奔腾，如衔枚疾走；风定之后，细听还有枯干的树叶一声声的打在阶上。秋雨落时，初起如蚕食桑叶，窸窸窣窣，继而淅淅沥沥，打在蕉叶上清脆可听。风声雨声，再加上虫声鸟声，都是自然的音乐，都能使我发生好感，都能驱除我的寂寞，何贵乎听那"我好比……我好比……"之类的歌声？然而此中情趣，不足为外人道也。

信

　　早起最快意的一件事，莫过于在案上发现一大堆信——平、快、挂，七长八短的一大堆。明知其间未必有多少令人欢喜的资料，大概总是说穷诉苦、琐屑累人的居多，常常令人终日寡欢，但是仍希望有一大堆信来。Marcus Aurelius [①] 曾经说："每天早晨离家时，我对我自己说，'我今天将要遇见一个傲慢的人，一个忘恩负义的人，一个说话太多的人。这些人之所以如此，乃是自然而且必要的，所以不要

---

　　① Marcus Aurelius（121—180），罗马帝国皇帝，著有《沉思录》。

惊讶。'"我每天早晨拆阅来信，亦先具同样心理，不但不存奢望，而且预先料到我今天将要接到几封催命符式的讨债信，生活比我优裕而反来向我告贷的信，以及看了不能令人喜欢的喜柬，不能令人不喜欢的讣闻等。世界上是有此等人、此等事，所以我当然也要接得此等信，不必惊讶。最难堪的，是遥望绿衣人来，总是过门不入，那才是莫可名状的凄凉，仿佛有被人遗弃之感。

有一种人把自己的文字润格订得极高，颇有一字千金之概，轻易是不肯写信的。你写信给他，永远是石沉大海。假如忽然间朵云遥颁，而且多半是又挂又快，隔着信封摸上去，沉甸甸的，又厚又重——放心，里面第一页必是抄自尺牍大全，"自违雅教，时切遐思，比维起居清泰为颂为祷"这么一套，正文自第二页开始，末尾于顿首之后，必定还要标明"鹄候回音"四个大字，外加三个密圈，此外必不可少的是另附恭楷履历硬卡片一张。这种信也有用处，至少可以令我们知道此人依然健在，此种信不可不复，复时以"……
俟有机缘，定当驰告"这么一套为最得体。

另一种人，好以纸笔代喉舌，不惜工本，写信较勤。
刊物的编者大抵是以写信为其主要职务之一，所以不
在话下。因误会而恋爱的情人们，见面时眼睛都要迸
出火星，一旦隔离，焉能不情急智生，烦邮差来传书
递简？ Herrick[1] 有句云："嘴唇只有在不能接吻时才
肯歌唱。"同样的，情人们只有在不能喁喁私语时才
要写信。情书是一种紧急救济，所以亦不在话下。我
所说的爱写信的人，是指家人朋友之间聚散匆匆，睽
违之后，[2] 有所见，有所闻，有所忆，有所感，不愿独秘，
愿人分享，则乘兴奋笔，借通情愫。写信者并无所求，
受信者但觉情谊翕如[3]，趣味盎然，不禁色起神往。在
这种心情之下，朋友的信可作为宋元人的小简读，家

---

[1] Robert Herrick（1591—1674），英国诗人。

[2] 睽违之后，分别之后。

[3] 翕，和顺、协调之意。这里指情意和顺。

书亦不妨当作社会新闻看。看信之乐，莫过于此。

　　写信如谈话。痛快人写信，大概总是开门见山。若是开门见雾，模模糊糊，不知所云，则其人谈话亦必是丈八罗汉，令人摸不着头脑。我又尝接得另外一种信，突如其来，内容是讲学论道，洋洋洒洒，作者虽未要我代为保存，我则觉得责任太大，万一庋①藏不慎，岂不就要湮没名文。老实讲，我是有收藏信件的癖好的，但亦略有抉择：多年老友，误入仕途，使用书记代笔者，不收；讨论人生观一类大题目者，不收；正文自第二页开始者，不收；用钢笔写在宣纸上，有如在吸墨纸上写字者，不收；横写或在左边写起者，不收；有加新式标点之必要者，不收；没有加新式标点之可能者亦不收；恭楷者，不收；潦草者，亦不收；作者未归道山，即可公开发表者，不收；如果作者已归道山，而仍不可公开发表者，亦不收！⋯⋯因为有

――――――――

　　① 庋，读 guǐ，放置、收藏之意。

这样多的限制，所以收藏不富。

信里面的称呼最足以见人情世态。有一位业教授的朋友告诉我，他常接到许多信件，开端如果是"夫子大人函丈"或"××老师钧鉴"，写信者必定是刚刚毕业或失业的学生，甚而至于并不是同时同院系的学生，其内容泰半是请求提携的意思。如果机缘凑巧，真个提携了他，以后他来信时便改称"××先生"了。若是机缘再凑巧，再加上铨叙①合格，连米贴房贴算在一起足够两个教授的薪水，他写起信来便干干脆脆的称兄道弟了！我的朋友言下不胜欷歔，其实是他所见不广。师生关系，原属雇佣性质，焉能不受阶级升黜的影响？

书信写作西人尝称之为"最温柔的艺术"，其亲切细腻仅次于日记。我国尺牍，尤多精粹之作。但居今之世，心头萦绕者尽是米价涨落问题，一袋袋的邮件之中要拣出几篇雅丽可诵的文章来，谈何容易！

① 铨叙，指审查官员的资历，并根据才能、成绩确定级别、职位。

女　人

　　有人说女人喜欢说谎，假如女人所捏撰的故事都能抽取版税，便很容易致富。这问题在什么叫做说谎。若是运用小小的机智，打破眼前小小的窘僵，获取精神上小小的胜利，因而牺牲一点点真理，这也可以算是说谎，那么，女人确是比较的富于说谎的天才。有具体的例证。你没有陪过女人买东西吗？尤其是买衣料，她从不干干脆脆地说要做什么衣，要买什么料，准备出多少钱；她必定要东挑西拣，翻天覆地，同时口中念念有词，不是嫌这匹料子太薄，就是怪那匹料子花样太旧，这个不禁洗，那个不禁晒，这个缩头大，那个门面窄，批评得人家一文不值。
其实，满不是这么一回事，她只是嫌价码太贵而已！
如果价钱便宜，其他的缺点全都不成问题，而且本来
不要买的也要购储起来。一个女人若是因为炭贵而不
生炭盆，她必定对人解释说："冬天生炭盆最不卫生，
到春天容易喉咙痛！"屋顶渗漏，塌下盆大的灰泥，
在未修补之前，女人便会向人这样解释："我预备在
这地方安装电灯。"自己上街买菜的女人，常常只承
认散步和呼吸新鲜空气是她上市的惟一理由。艳羡汽
车的女人常常表示她最厌恶汽油的臭味。坐在中排看
戏的女人常常说前排的头等座位最不舒适。一个女人
馈赠别人，必说："实在买不到什么好的……"其实
这东西根本不是她买的，是别人送给她的。一个女人
表示愿意陪你去上街走走，其实是她顺便要买东西。
总之，女人总欢喜拐弯抹角的，放一个小小的烟幕，
无伤大雅，颇占体面。这也是艺术，王尔德不是说过
"艺术即是说谎"么？这些例证还只是一些并无版权

的谎话而已。

女人善变，多少总有些哈姆雷特式，拿不定主意。问题大者如离婚结婚，问题小者如换衣换鞋，都往往在心中经过一读二读三读，决议之后再复议，复议之后再否决。女人决定一件事之后，还能随时做一百八十度的大转弯，做出那与决定完全相反的事，使人无法追随。因为变得急速，所以容易给人以"脆弱"的印象。莎士比亚有一名句："'脆弱'呀，你的名字叫做'女人'！"但这脆弱，并不永远使女人吃亏。越是柔韧的东西越不易摧折。女人不仅在决断上善变，即便是一个小小的别针位置也常变，午前在领扣上，午后就许移到了头发上。三张沙发，能摆出若干阵势；几根头发，能梳出无数花头。讲到服装，其变化之多，常达到荒谬的程度。外国女子的帽子，可以是一根鸡毛，可以是半只铁锅，或是一个畚箕。中国女人的袍子，变化也就够多，领子高的时候可以使她像一只长颈鹿，袖子短的时候恨不得使两腋生风，至于纽扣盘花、滚边镶绣，则更加是变幻莫测。
"上帝给她一张脸，她能另造一张出来"，"女人是水
做的"，是活水，不是止水。

女人善哭。从一方面看，哭常是女人的武器，很
少人能抵抗她这泪的洗礼。俗语说"一哭二睡三上
吊"，这一哭确实其势难当。但从另一方面看，哭也
常是女人的内心的"安全瓣"。女人的忍耐的力量是
伟大的，她为了男人，为了小孩，能忍受难堪的委屈。
女人对于自己的享受方面，总是属于"斯多亚派"的
居多。男人不在家时，她能立刻变成为素食主义者，
火炉里能爬出老鼠，开电灯怕费电，再关上又怕费开
关。平素既已极端刻苦，一旦精神上再受刺激，便
忍无可忍，一腔悲怨天然地化做一把把的鼻涕眼泪，
从"安全瓣"中汩汩而出，腾出空虚的心房，再来接
受更多的委屈。女人很少破口骂人（骂街便成泼妇，
其实甚少），很少揎袖挥拳，但泪腺就比较发达。善
哭的也就常常善笑，迷迷的笑，吃吃的笑，格格的笑，

哈哈的笑，笑是常驻在女人脸上的，这笑脸常常成为最有效的护照。女人最像小孩，她能为了一个滑稽的姿态而笑得前仰后合、肚皮痛、淌眼泪，以至于翻筋斗！哀与乐都像是常川有备，一触即发。

女人的嘴，大概是用在说话方面的时候多。女孩子从小就往往口齿伶俐，就是学外国语也容易琅琅上口，不像嘴里含着一个大舌头。等到长大之后，三五成群，说长道短，声音脆，嗓门高，如蝉噪，如蛙鸣，真当得好几部鼓吹！等到年事再长，万一堕入"长舌"型，则东家长，西家短，飞短流长，搬弄多少是非，惹出无数口舌；万一堕入"喷壶嘴"型，则琐碎繁杂，絮聒唠叨，一件事要说多少回，一句话要说多少遍，如喷壶下注、万流齐发，当者披靡，不可向迩！一个人给他的妻子买一件皮大衣，朋友问他："你是为使她舒适吗？"那人回答说："不是，为使她少说些话！"

女人胆小，看见一只老鼠而当场昏厥，在外国不算是奇闻。中国女人胆小不至如此，但是一声霹雷使

得她拉紧两个老妈子的手而仍战栗不止，倒是确有
其事。这并不是做作，并不是故意在男人面前作态，
使他有机会挺起胸脯说："不要怕，有我在！"她是
真怕。在黑暗中或荒僻处，没有人，她怕；万一有人，
她更怕！屠牛宰羊，固然不是女人的事，杀鸡宰鱼，
也不是不费手脚。胆小的缘故，大概主要的是体力不
济。女人的体温似乎较低一些，有许多女人怕发胖而
食无求饱，营养不足，再加上怕臃肿而衣裳单薄，到
冬天瑟瑟打战，袜薄如蝉翼，把小腿冻得作"浆米藕"
色，两只脚放在被里一夜也暖不过来，双手捧热水袋，
从八月捧起，捧到明年五月，还不忍释手。抵抗饥寒
之不暇，焉能望其胆大。

女人的聪明，有许多不可及处，一根棉线，一下
子就能穿入针孔，然后一下子就能在线的尽头处打上
一个结子，然后扯直了线在牙齿上砰砰两声，针尖在
头发上擦抹两下，便能开始解决许多在人生中并不算
小的苦恼，例如缝上衬衣的扣子，补上袜子的破洞

之类。至于几根篾棍，一上一下地编出多少样物事，
更是令人叫绝。有学问的女人，创辟"沙龙"，对任
何问题能继续谈论至半小时以上，不但不令人入睡，
而且令人疑心她是内行。

男 人

　　男人令人首先感到的印象是脏！当然，男人当中亦不乏刷洗干净洁身自好的，甚至还有油头粉面衣裳楚楚的，但大体讲来，男人消耗肥皂和水的数量要比较少些。某一男校，对于学生洗澡是强迫的，入浴签名，每周计核，对于不曾入浴的初步惩罚是宣布姓名，最后的断然处置是定期强迫入浴，并派员监视，然而日久玩生，签名簿中尚不无浮冒情事。有些男人，西装裤尽管挺直，他的耳后脖根，土壤肥沃，常常宜于种麦！袜子手绢不知随时洗涤，常常日积月累，到处塞藏，等到无可使用时，再从那一堆污垢存货当中拣选比较干净的去应急。有些男人的手绢，拿出来硬像是土灰面制的百果糕，黑糊糊黏成一团，而且内容丰富。男人的一双脚，多半好像是天然的具有泡菜霉干菜再加糖蒜的味道，所谓"濯足万里流"是有道理的，小小的一盆水确是无济于事，然而多少男人却连这一盆水都吝而不用，怕伤元气。两脚既然如此之脏，偏偏有些"逐臭之夫"喜于脚上藏垢纳污之处往复挖掘，然后嗅其手指，引以为乐！多少男人洗脸都是专洗本部，边疆一概不理，洗脸完毕，手背可以不湿。有的男人是在结婚后才开始刷牙。"扪虱而谈"的是男人。还有更甚于此者，曾有人当众搔背，结果是从袖口里面摔出一只老鼠！除了不可挽救的脏相之外，男人的脏大概是由于懒。

对了！男人懒。他可以懒洋洋坐在旋椅上，五官四肢，连同他的脑筋（假如有），一概停止活动，像呆鸟一般；"不闻夫博弈者乎……"那段话是专对男人说的。他若是上街买东西，很少时候能令他的妻子满意，他总是不肯多问几家，怕跑腿，怕费话，怕讲价钱。什么事他都嫌麻烦，除了指使别人替他做的事之外，他像残废人一样，对于什么事都愿坐享其成，而名之曰"室家之乐"。他提前养老，至少提前三二十年。

紧毗连着"懒"的是"馋"。男人大概有好胃口的居多。他的嘴，用在吃的方面的时候多，他吃饭时总要在菜碟里发现至少一英寸见方半英寸厚的肉，才能算是没有吃素。几天不见肉，他就喊"嘴里要淡出鸟儿来！"若真个三月不知肉味，怕不要淡出毒蛇猛兽来！有一个人半年没有吃鸡，看见了鸡毛帚就流涎三尺。一餐盛馔之后，他的人生观都能改变，对于什么都乐观起来。一个男人在吃一顿好饭的时候，他脸上的表情硬是在感谢上天待人不薄；他饭后衔着一根牙签，红光满面，硬是觉得可以骄人。主中馈的是女人，修食谱的是男人。

男人多半自私。他的人生观中有一基本认识，即宇宙一切均是为了他的舒适而安排下来的。除了在做事赚钱的时候不得不忍气吞声地向人奴膝婢颜外，他总是要作出一副老爷相。他的家便是他的国度，他在家里称王。他除了为赚钱而吃苦努力外，他是一个"伊比鸠派"，他要享受。他高兴的时候，孩子可以骑在他的颈上，他引颈受骑，他可以像狗似的满地爬；他不高兴时，他看着谁都不顺眼，在外面受了闷气，回到家里来加倍的发作。他不知道女人的苦处。女人对于他的殷勤委屈，在他看来，就如同犬守户鸡司晨一样的稀松平常，都是自然现象。他说他爱女人，其实他不是爱，是享受女人。他不问他给了别人多少，但是他要在别人身上尽量榨取。他觉得他对女人最大的恩惠，便是把赚来的钱全部或一部分拿回家来；但是当他把一卷卷的钞票从衣袋里掏出来的时候，他的脸上的表情是骄傲的成分多，亲爱的成分少，好像是在说："看我！你行么？我这样待你，你多幸运！"他若是感觉到这家不复是他的乐园，他便有多样的借口不回到家里来。他到处云游，他另辟乐园。他有聚餐会，他有酒会，他有桥会，他有书会画会棋会，他有夜会，最不济的还有个茶馆。他的享乐的方法太多。假如轮回之说不假，下世侥幸依然投胎为人，很少男人情愿下世做女人的。他总觉得这一世生为男身，而享受未足，下一世要继续努力。

"群居终日，言不及义"，原是人的通病，但是言谈的内容，却男女有别。女人谈的往往是"我们家的小妹又病了！""你们家每月开销多少？"之类。男人的是另一套，普通的方式，男人的谈话，最后不谈到女人身上便不会散场。这一个题目对男人最有兴味。如果有一个桃色案他们惟恐其和解得太快。他们好议论人家的隐私，好批评别人的妻子的性格相貌。"长舌男"是到处有的，不知为什么这名词尚不甚流行。

洋 罪

有些人，大概是觉得生活还不够丰富，于顽固的礼教、愚昧的陋俗、野蛮的禁忌之外，还介绍许多外国的风俗习惯，甘心情愿的受那份洋罪。

例如：宴集茶会之类偶然恰是十三人之数，原是稀松平常之事，但往往就有人把事态扩大，认为情形严重，好像人数一到十三，其中必将有谁虽欲"寿终正寝"而不可得的样子。在这种场合，必定有先知先觉者托故逃席，或临时加添一位，打破这个凶数，又好像只要破了十三，其中人人必然"寿终正寝"的样子。对于十三的恐怖，在某种人中间近已颇为流行。

据说，它的来源是外国的。耶稣基督被他的使徒犹大所卖，最后晚餐时便是十三人同席。因此十三成为不吉利的数目。在外国，听说不但宴集之类要避免十三，就是旅馆的号数也常以12A来代替十三。这种近于迷信而且无聊的风俗，移到中国来，则于迷信与无聊之外，还应该加上一个可嗤！

再例如：划火柴给人点纸烟，点到第三人的纸烟时，则必有热心者迫不及待的从旁嘘一口大气，把你的火柴吹熄。一根火柴不准点三枝纸烟。据博闻者说，这风俗也是外国的。好像这风俗还不怎样古，就在上次大战的时候，夜晚战壕里的士兵抽烟，如果火柴的亮光延续到能点燃三枝纸烟那么久，则敌人的枪弹炮弹必定一齐飞来。这风俗虽"与抗战有关"，但在敌人枪炮射程以外的地方，若不加解释，则仍容易被人目为近于庸人自扰。

又例如：朋辈对饮，常见有碰杯之举，把酒杯碰得当一声响，然后同时仰着脖子往下灌，咕噜咕噜的灌下去，点头咂嘴，踌躇满志。为什么要碰那一下子呢？这又是外国规矩。据说在相当古的时候，而人心即已不古，于揖让酬应之间，就许在酒杯里下毒药，所以主人为表明心迹起见，不得不与客人喝个"交杯酒"，交杯之际，当的一声是难免的。到后来，去古日远，而人心反倒古起来了，酒杯里下毒药的事情渐不多见，主客对饮只须做交杯状，听那当然一响，便可以放心大胆的喝酒了。碰杯之起源，大概如此。在"安全第一"的原则之下，喝交杯酒是未可厚非的。如果碰一下杯，能令我们警惕戒惧，不致忘记了以酒肉相饷的人同时也有投毒的可能，而同时酒杯质料相当坚牢不致磕裂碰碎，那么，碰杯的风俗却也不能说是一定要不得。

大概风俗习惯，总是慢慢养成，所以能在社会通行。如果生吞活剥的把外国的风俗习惯移植到我们的社会里来，则必窒碍难行，其故在不服水土。讲到这里我也有一个具体的而且极端的例子：

　　四月一日，打开报纸一看，皇皇启事一则如下："某某某与某某某今得某某某与某某某先生之介绍及双方家长之同意，订于四月一日在某某处行结婚礼，国难期间一切从简，特此敬告诸亲友。"结婚只是男女两人的事，与别人无关，而别人偏偏最感兴趣。启事一出，好事者奔走相告，更好事者议论纷纷，尤好事者拍电致贺。

　　四月二日报纸上有更皇皇的启事一则如下："某某某启事，昨为西俗万愚节，友人某某某先生遂假借名义，代登结婚启事一则以资戏弄，此事概属乌有，诚恐淆乱听闻，特此郑重声明。"好事者嗒然若丧，更好事者引为谈助，尤好事者则去翻查百科全书，寻找万愚节之源起。

　　四月一日为万愚节，西人相绐^①以为乐。其是否为陋俗，我们管不着，其是否把终身大事也划在相绐

---

　　① 相绐，相互欺骗。绐，读 dài。

的范围以内，我们亦不得知。我只觉得这种风俗习惯，在我们这国度里，似嫌不合国情。我觉得我们几乎是天天在过万愚节。舞文弄墨之辈，专作欺人之谈，且按下不表，单说市井习见之事，即可见我们平日颇不缺乏相绐之乐。有些店铺高高悬起"言无二价""童叟无欺"的招牌，这就是反映着一般的诳价欺骗的现象。凡是约期取件的商店，如成衣店、洗衣店、照像馆之类，因爽约而使我们徒劳往返的事是很平常的，然对外国人则不然，与外国人约甚少爽约之事。我想这原因大概就是外国人只有在四月一日那一天才肯以相绐为乐，而在我们则一年三百六十五天，随便哪一天都无妨定为万愚节。

万愚节的风俗，在我个人，并不觉得生疏，我不幸从小就进洋习甚深的学校，到四月一日总有人伪造文书诈欺取乐，而受愚者亦不以为忤。现在年事稍长，看破骗局甚多，更觉谑浪取笑无伤大雅。不过一定要仿西人所为，在四月一日这一天把说谎普遍化、合理化，而同时在其余的三百六十多天又并不仿西人所为，仍然随时随地的言而无信互相欺诈，我终觉得大可不必。

外国的风俗习惯永远是有趣的，因为异国情调总是新奇的居多。新奇就有趣。不过若把异国情调生吞活剥的搬到自己家里来，身体力行，则新奇往往变成为桎梏，有趣往往变成为肉麻。基于这种道理，很有些人至今喝茶并不加白糖与牛奶。

谦 让

谦让仿佛是一种美德，若想在眼前的实际生活里寻一个具体的例证，却不容易。类似谦让的事情近来似很难得发生一次。就我个人的经验说，在一般宴会里，客人入席之际，我们最容易看见类似谦让的事情。

一群客人挤在客厅里，谁也不肯先坐，谁也不肯坐首座，好像"常常登上座，渐渐入祠堂"的道理是人人所不能忘的。于是你推我让，人声鼎沸。辈分小的，官职低的，垂着手远远的立在屋角，听候调遣。自以为有占首座或次座资格的人，无不攘臂而前、拉拉扯扯，不肯放过他们表现谦让的美德的机会。有的说："我们叙齿[①]，你年长！"有的说："我常来，你是稀客！"有的说："今天非你上座不可！"事实固然是为让座，但是当时的声浪和唾沫星子却都表示像在争座。主人觍着一张笑脸，偶然插一两句嘴，作鹭鸶笑。这场纷扰，要直到大家的兴致均已低落，该说的话差不多都已说完，然后急转直下，突然平息，本就该坐上座的人便去就了上座，并无苦恼之相，而往往是显着踌躇满志顾盼自雄的样子。

我每次遇到这样谦让的场合，便首先想起《聊斋》上的一个故事：一伙人在热烈的让座，有一位扯着另一位的袖子，硬往上拉，被拉的人硬往后躲，双方势均力敌，突然间拉着袖子的手一松，被拉的那只胳臂猛然向后一缩，胳臂肘尖正撞在后面站着的一位驼背朋友的两只特别凸出的大门牙上，喀吱一声，

---

① 叙齿，按年龄的长幼定席次。

双牙落地！我每忆起这个乐极生悲的故事，为明哲保身起见，在让座时我总躲得远远的。等风波过后，剩下的位置是我的，首座也可以，坐上去并不头晕，末座亦无妨，我也并不因此少吃一嘴。我不谦让。

考让座之风之所以如此地盛行，其故有二。第一，让来让去，每人总有一个位置，所以一面谦让，一面稳有把握。假如主人宣布，位置只有十二个，客人却有十四位，那便没有让座之事了。第二，所让者是个虚荣，本来无关宏旨，凡是半径都是一般长，所以坐在任何位置（假如是圆桌）都可以享受同样的利益。假如明文规定，凡坐过首席若干次者，在铨叙上特别有利，我想让座的事情也就少了。我从不曾看见，在长途公共汽车车站售票的地方，如果没有木制的长栅栏，而还能够保留一点谦让之风！因此我发现了一般人处世的一条道理，那便是：可以无需让的时候，则无妨谦让一番，于人无利，于己无损；在该让的时候，则不谦让，以免损己；在应该不让的时候，则必定谦让，于己有利，于人无损。

小时候读到孔融让梨的故事，觉得实在难能可贵，自愧弗如。一只梨的大小，虽然是微屑不足道，但对于一个四五岁的孩子，其重要或者并不下于一个公务员之心理盘算简、荐、委。有人猜想，孔融那几天也许肚皮不好，怕吃生冷，乐得谦让一番。我不敢这样妄加揣测。不过我们要承认，利之所在，可以使人忘形，谦让不是一件容易的事。孔融让梨的故事，发扬光大起来，确有教育价值，可惜并未发生多少实际的效果：今之孔融，并不多见。

谦让作为一种仪式，并不是坏事，像天主教会选任主教时所举行的仪式就蛮有趣。就职的主教照例的当众谦逊三回，口说"nolo episcopari"意即"我不要当主教"，然后照例的敦促三回终于勉为其难了。我觉得这样的仪式比宣誓就职之后再打通电声明固辞不获要好得多。谦让的仪式行久了之后，也许对于人心有潜移默化之功，使人在争权夺利奋不顾身之

际，不知不觉的也举行起谦让的仪式。可惜我们人类
的文明史尚短，潜移默化尚未能奏大效，露出原始人
的狰狞面目的时候要比雍雍穆穆的举行谦让仪式的
时候多些。我每次从公共汽车售票处杀进杀出，心里
就想先王以礼治天下，实在有理。

衣　裳

莎士比亚有一句名言："衣裳常常显示人品。"又有一句："如果我们沉默不语，我们的衣裳与体态也会泄露我们过去的经历。"可是我不记得是谁了，他曾说过更彻底的话：我们平常以为英雄豪杰之士，其仪表堂堂确是与众不同，其实，那多半是衣裳装扮起来的，我们在画像中见到的华盛顿和拿破仑，固然是奕奕赫赫，但如果我们在澡堂里遇见二公，赤条条一丝不挂，我们会有异样的感觉，会感觉得脱光了大家全是一样。这话虽然有点玩世不恭，确有至理。

中国旧式士子出而问世必须具备四个条件：一团

和气，两句歪诗，三斤黄酒，四季衣裳。可见衣裳是
要紧的。我的一位朋友，人品很高，就是衣裳"普罗"
一些，曾随着一伙人在上海最华贵的饭店里开了一个
房间，后来走出饭店，便再也不得进去，司阍① 的巡
捕不准他进去，理由是此处不施舍。无论怎样解释也
不得要领，结果是巡捕引他从后门进去，穿过厨房，
到账房内去理论。这不能怪那巡捕，我们几曾看见过
看家的狗咬过衣裳楚楚的客人？

衣裳穿得合适，煞费周章，所以内政部礼俗司虽
然绘定了各种服装的式样，也并不曾推行。幸而没有
推行！自从我们剪了小辫儿以来，衣裳就没有了体制，
绝对自由，中西合璧的服装也不算违警，这时候若再
推行"国装"，只是于错杂纷歧之中更加重些纷扰罢了。

李鸿章出使外国的时候，袍褂顶戴，完全是"满
大人"的服装。我虽无爱于满清章制，但对于他的

————————————

① 司阍，看门的人。

不穿西装，确实是很佩服的。可是西装的势力毕竟太大了，到如今理发匠都是穿西装的居多。我忆起了二十年前我穿西装的一幕。那时候西装还是一件比较新奇的事物，总觉得有点"机械化"，其构成必相当复杂。一班几十人要出洋，于是西装逼人而来。试穿之日，适值严冬，或缺皮带，或无领结，或衬衣未备，或外套未成，但零件虽然不齐，吉期不可延误，所以一阵骚动，胡乱穿起，有的宽衣博带如稻草人，有的细腰窄袖如马戏丑，大体是赤着身体穿一层薄薄的西装裤，冻得涕泗交流，双膝打战。那时的情景足当得起"沐猴而冠"四个字。当然后来技术渐渐精进，有的把裤脚管烫得笔直，视如第二生命，有的在衣袋里插一块和领结花色相同的手绢，俨然是一个绅士，猛然一看，国籍都要发生问题。

西装是有一定的标准的。譬如，做裤子的材料要厚，可是我看见过有人在光天化日之下穿夏布西装裤，光线透穿，真是骇人！衣服的颜色要朴素沉重，可是我见过著名自诩讲究穿衣裳的男子们，他们穿的是色彩刺目的宽格大条的材料，颜色惊人的衬衣，如火如荼的领结，那样子只有在外国杂耍场的台上才偶然看得见！大概西装破烂，固然不雅，但若崭新而俗恶则更不可当。所谓洋场恶少，其气味最下。

中国的四季衣裳，恐怕要比西装更麻烦些。固然西装讲究起来也是不得了的，历史上著名的一例，詹姆斯第一的朋友白金翰爵士有衣服一千六百二十五套。普通人有十套八套的就算很好了。中装比较的花样要多些，虽然终年一两件长袍也能度日。中装有一件好处，舒适。中装像是变形虫，没有一定的形式，随着穿的人身体变。不像西装，肩膊上不用填麻布使你冒充宽肩膀，脖子上不用戴枷系索，裤子里面有的是"生存空间"，而且冷暖平均，不像西装咽喉下面一块只是一层薄衬衣，容易着凉，裤子两边插手袋处却又厚至三层，特别郁热！中国长袍还有一点妙处，马彬和先生（英国人入我国籍）曾为文论之。他说这钟形长袍是没有差别的、平等的、一律的遮掩了贫富贤愚。马先生自己就是穿一件蓝长袍，他简直崇拜长袍。据他看，长袍不势利，没有阶级性。可是在中国，长袍同志也自成阶级，虽然四川有些抬轿的也穿长袍。中装固然比较随便，但亦不可太随便，例如脖子底下的纽扣，在西装可以不扣，长袍便非扣不可，否则便不合于"新生活"。再例如即便在蚊虫甚多的地方，裤脚管亦不可放进袜筒里去，做绍兴师爷状。

男女服装之最大不同处，便是男装之遮盖身体无微不至，仅仅露出一张脸和两只手可以吸取日光紫外线，女装的趋势，则求遮盖愈少愈好。现在所谓旗袍，实际上只是大坎肩，因为两臂已经齐根划出。两腿尽管细直如竹筷，扭曲如松根，也往往一双双的摆在外面。袖不蔽肘，赤足裸腿，从前在某处都曾悬为厉禁，在某一种意义上，我们并不惋惜。还有一点可以指出，男子的衣服，经若干年的演化，已达到一个固定的阶段，式样色彩大概是千篇一律的了，某一种人一定穿某一种衣服，身体丑也好，美也好，总是要罩上那么一套。女子的衣裳则颇多个人的差异，仍保留大量的装饰的动机，其间大有自由创造的余地。既是创造，便有失败，也有成功。成功者便是把身体的优点表彰出来，把劣点遮盖起来；失败者便是把劣点显示出来，优点根本没有。我每次从街上走回来，就感觉得我们除了优生学外，还缺乏妇女服装杂志。不要以为妇女服装是琐细小事，法朗士说得好："如果我死后还能在无数出版书籍当中有所选择，你想我将选什么呢？……在这未来的群籍之中我不想选小说，亦不选历史，历史若有兴味亦无非小说。我的朋友，我仅要选一本时装杂志，看我死后一世纪中妇女如何装束。妇女装束之能告诉我未来的人文，胜过于一切哲学家、小说家、预言家及学者。"

衣裳是文化中很灿烂的一部分。所以，裸体运动除了在必要的时候之外（如洗澡等等），我总不大赞成。

结婚典礼

　　结婚这件事，只要成年的一男一女两相情愿就成，并不需要而且不可以有第三者的参加。但是《民法》第八百九十二条规定要有公开仪式，再加上社会的陋俗（大部分似"野蛮的遗留"），以及爱受洋罪者的参酌西法，遂形成了近年来通行于中上阶级之所谓结婚典礼，又名"文明结婚"，犹戏中之有"文明新戏"。婚姻大事，不可潦草，单凭父母之命媒妁之言就把一对无辜男女捏合起来，这不叫做潦草；只因一时冲动而遂盲目的订下偕老之约，这也不叫潦草；惟有不请亲戚朋友街坊四邻来胡吃乱叫，或不当众提出结婚人来验明正身，则谓之曰潦草，又名不隆重。假如人生本来像戏，结婚典礼便似"戏中戏"，越隆重则越像。这出戏定期开演，先贴海报，风雨无阻，"撒网"敛钱，鼎惠不辞；届时悬灯结彩，到处猩红；在音乐方面则或用乞丐兼任的吹鼓手，或用卖仁丹游街或绸缎店大减价的铜乐队，或钢琴或风琴或口琴；少不了的是与演员打成一片的广大观众，内中包括该回家去养老的，该寻正当娱乐的，该受别种社会教育以及平时就该摄取营养的……演员的服装，或买或借或赁，常见的是蓝袍马褂及与环境全然不调和的一身西装大礼服，高冠燕尾，还有那短得像一件斗篷而还特烦两位小朋友牵着的那一橛子粉红纱！那出戏的尾声是，主人的腿子累得发麻，客人醉翻三五辈，门外的车夫一片叫嚣。评剧家曰："很热闹！"

这戏的开始照例是证婚人致词。证婚人照例是新郎的上司，或新娘家中比较拿出来最像样的贵戚。他的身份等于"跳加官",但他自己不知道,常常误会他是在做主席,或是礼拜堂里的牧师,因此他的职务成为善颂善祷,和那些在门口高叫"正念喜,抬头观,空中来了福禄寿三仙⋯⋯"的叫化子是异曲而同工!他若是身通"国学",诗云子曰的一来,那就不得了,在讲《易经》阴阳乾坤的时候,牵纱的小朋友们就非坐在地上不可,而在人丛后面伸长颈子的那位客人,一定也会把其颈项慢慢缩回去了。我们应该容忍他,让他毕其辞,甚而至于违着良心的报之以稀稀拉拉的掌声。放心,他将得意不了几次!

介绍人要两个,仿佛从前的一男媒一女媒,其实是为站在证婚人身旁时一边一个,较有对称之美。介绍人宜于是面团团一团和气,谁见了他都会被他撮合似的。所以常害胃病的,专吃平价米的都不该入选。许多荣任介绍人的常喜欢当众宣布他们只是名义上的介绍人,新郎新娘是早已就⋯⋯好像是生恐将来打离婚官司时要受连累,所以特先自首似的。其实是他多虑。所谓介绍，是指介绍结婚，这是婚书上写得明明白白的，并不曾要他介绍新郎新娘认识或恋爱，所以以前的因误会而恋爱和以后的因失望而反目，其责任他原是不负的。从前俗语说，"新娘搀上床，媒人扔过墙"，现在的介绍人则毋须等待新娘上床便已解除职务了。

　　新郎新娘的"台步"是值得注意的，从这里可以看出导演者的手法。新郎应该像是一只木鸡，由两个傧相挟之而至；应该脸上微露苦相，好像做下什么坏事现在败露了要受裁判的样子，这才和身份相称。新娘走出来要像蜗牛，要像日移花影，只见她的位置移动，而不见她行走，头要垂下来，但又不可太垂，要表示出头和颈子还是连着的，扶着两个煞费苦心才寻到的不比自己美的傧相，随着一派乐声，在众目睽睽之下，由大家尽量端详。礼毕，新娘要准备迎接一阵"天雨粟"，也有羼杂粮的，也有带干果的，像冰雹似的没头没脸的打过来。有在额角上被命中一颗核桃的，登时皮肉隆起如舍利子。如果有人扫拢来，无疑的可以熬一大锅"腊八粥"。还有人抛掷彩色纸条，想把新娘做成一个茧子。客人对于新娘的种种行为，由品头论足以至大闹新房，其实在《刑法》上都可以构成诽谤、侮辱、伤害、侵入私宅和有伤风化等等罪名的，但是在隆重的结婚典礼里，这些丑态是属于"撑场面"一类，应该容许！

曾有人把结婚比做"蛤蟆跳井"——可以得水，但是永世不得出来。现代人不把婚姻看得如此严重，法律也给现代人预先开了方便的后门或太平梯之类，所以典礼的隆重并不发生任何担保的价值。没有结过婚的人，把结婚后幻想成为神仙的乐境，因此便以结婚为得意事，甘愿铺张，惟恐人家不知，更恐人家不来，所以往往一面登报"一切从简"，一面却是倾家荡产的"敬治喜筵"，以为诱饵。来观婚礼的客人，除了真有友谊的外，是来签到，出钱看戏，或真是双肩承一喙的前来就食！

我们能否有一种简便的节俭的合理的愉快的结婚仪式呢？这件事需要未婚者来细想一下，已婚者就不必多费心了。

病

　　鲁迅曾幻想到吐半口血扶两个丫鬟到阶前看秋海棠，以为那是雅事。其实天下雅事尽多，惟有生病不能算雅。没有福分扶丫鬟看秋海棠的人，当然觉得那是可羡的，但是加上"吐半口血"这样一个条件，那可羡的情形也就不怎样可羡，似乎还不如独自一个硬硬朗朗到菜圃看一畦萝卜白菜。

　　最近看见有人写文章，女人怀孕写做"生理变态"，我觉得这人倒有点"心理变态"。病才是生理变态。病人的一张脸就够瞧的，有的黄得像讣闻纸，有的青得像新出土的古铜器，比髑髅多一张皮，比面具多几个眨眼。病是变态，由活人变成死人的一条必经之路。因为病是变态，所以病是丑的。西子捧心蹙颦，人以为美，我想这也是私人癖好，想想海上还有逐臭之夫，这也就不足为奇。

我由于一场病，在医院住了很久。我觉得我们中国人最不适宜于住医院。在不病的时候，每个人在家里都可以做土皇帝，佣仆不消说是用钱雇来的奴隶，妻子只是供膳宿的奴隶，父母是志愿的奴隶，平日养尊处优惯了，一旦他老人家欠安违和，抬进医院，恨不得把整个的家（连厨房在内）都搬进去！病人到了医院，就好像是到了自己的别墅似的，忽而买西瓜，忽而冲藕粉，忽而打洗脸水，忽而灌暖水壶。与其说医院家庭化，毋宁说医院旅馆化，最像旅馆的一点，便是人声嘈杂。四号病人快要咽气，这并不妨碍五号病房的客人的高谈阔论；六号病人刚吞下两包安眠药，这也不能阻止七号病房里扯着嗓子喊黄嫂。医院是生与死的决斗场，呻吟号啕以及欢呼叫嚣之声，当然都是人情之所不能已，圣人弗禁；所苦者是把医院当做养病之所的人。

但是有一次我对于我隔壁病房所发的声音，是能加以原谅的。是夜半，是女人声音，先是摇铃随后是喊"小姐"，然后一声铃间一声喊，由元板到流水板，愈来愈促，愈来愈高，我想医院里的人除了住了太平间的之外大概谁都听到了，然而没有人送给她所要用的那件东西。呼声渐变成嚎声，情急渐变成哀恳，等到那件东西等因奉此的辗转送到时，已经过了时效，不复成为有用的了。

旧式讣闻喜用"寿终正寝"字样，不是没有道理的。在家里养病，除了病不容易治好之外，不会为病以外的事情着急。如果病重不治必须寿终，则寿终正寝是值得提出来傲人的一件事，表示死者死得舒服。

人在大病时，人生观都要改变。我在奄奄一息的时候，就感觉得人生无常，对一切不免要多加一些宽恕。例如对于一个冒领米贴的人，平时绝不稍予假借，但在自己连打几次强心针之后，再看着那个人贸贸然来，也就不禁心软，认为他究竟也还可以算做一个圆颅方趾的人。鲁迅死前遗言"不饶恕人，也不求人饶恕"，那种态度当然也可备一格。不似鲁迅那般伟大的人，便在体力不济时和人类容易妥协。我僵卧了许多天之后，看着每个人都有人性，觉得这世界还是可留恋的。不过我在体温脉搏都快恢复正常时，又故态复萌，眼睛里揉不进沙子了。

弱者才需要同情，同情要在人弱时施给，才能容易使人认识那份同情。一个人病得吃东西都需要喂的时候，如果有人来探视，那一点同情就像甘露滴在干土上一般，立刻被吸收了进去。病人会觉得人类当中彼此还有联系，人对人究竟比兽对人要温和得多。不过探视病人是一种艺术，和新闻记者的访问不同，和吊丧又不同。我最近一次病，病情相当曲折，叙述起来要半小时，如用欧化语体来说半小时还不够；而来看我的人是如此诚恳，问起我的病状便不能不详为报告，而讲述到三十次以上时，便感觉像一位老教授年年在讲台上开话匣片子那样单调而且惭愧。我的办法是，对于远路来的人我讲得要稍为扩大一些，而且要强调病的危险，为的是叫他感觉此行不虚，不使过于失望；对于邻近的朋友们则不免一切从简诸希矜宥！有些异常热心的人，如果不给我一点什么帮助，一定不肯走开，即使走开也一定不会愉快。我为使他愉快起见，口虽不渴也要请他倒过一杯水来，自己做"扶起娇无力"状。有些道貌岸然的朋友，看见我就要脱离苦海，不免悟出许多佛门大道理，脸上愈发严重，一言不发，愁眉苦脸。对于这朋友我将来特别要借重，因为我想他于探病之外还适于守尸。

匿名信

　　邮局递来一封匿名信，没启封就知道是匿名信，因为一来我自己心里明白，现在快要到我接匿名信的时候了（如果竟无匿名信到来，那是我把人性估计太低了），二来那只信封的神情就有几分尴尬，信封上的两行字，倾斜而不潦草，正是书法上所谓"生拙"，像是郑板桥体，又像是小学生的涂鸦，不是撇太长，就是捺太短，总之是很矜持，惟恐露出本来面目。下款署"内详"二字。现代的人很少有写"内详"的习惯，犹之乎很少有在信封背面写"如瓶"的习惯，其所以写"内详"者，乃是平常写惯了下款，如今又不能写真姓名，于是于不自觉间写上了"内详"云云。

我同情写匿名信的人，因为他或她肯干这种勾当，必定是极不得已，等于一个人若不为生活所逼便绝不至于会男盗女娼一样。当其蓄谋动念之时，一定有一副血脉偾张的面孔，"怒从心上起，恶向胆边生"，硬是按捺不住。几度心里犹豫，"何必？"又几度心里坚决，"必！"于是关门闭户独自去写那将来不便收入文集的尺牍。愤怒怨恨，如果用得其当，是很可宝贵的一种情感，所谓"文王一怒"那是无人不知的了，但是匿名信则除了发泄愤怒怨恨之外还表现了人性的另一面——怯懦。怯懦也不希奇。听说外国的杀人不眨眼的海盗，如果蓄谋叛变开始向船长要挟的时候，那封哀的美敦书[1]的署名是很成问题的，领衔的要冒较大的危险，所以他们发明了 Round Robin[2]法以姓名连串的写成一圆圈，无始无末，浑然无迹。

---

[1] 哀的美敦书，拉丁文 ultimatum 的音译。即"最后通牒"。

[2] Round Robin，联名信。

这种办法也是怯懦，较之匿名信还是大胆得多。凡是当着人不好说出口的话，或是说出口来要脸红的事，或是根本不能从口里说出来的东西，在匿名的掩护之下可以一泄如注。

匿名信作家在伸纸吮笔之际也有一番为难，笔迹是一重难关，中国的书法比任何其他国的文字更容易表现性格。有人写字匀整如打字机打出来的，其人必循规蹈矩；有人写字不分大小一律出格，其人必张牙舞爪。甚至字体还和人的形体有关，如果字如墨猪，其人往往似"五百斤油"；如果笔画干瘦如柴，其人往往亦似一堆排骨。匿名信总是熟人写的，熟人的字迹谁还看不出来？所以写的人要费一番思索。匿名信不能托别人写，因为托别人写，便至少有一个人知道了你的姓名，而且也难得找到志同道合的人，所以只好自己动笔。外国人（如绑票匪）写匿名信，往往从报纸上剪下应用的字母，然后拼成字粘上去。此法甚妙。可惜中国字拉丁化运动尚未成功，从报上剪字便非先编一索引不可。惟一可行的方法是竭力变更字体。然而谈何容易！善变莫如狐，七变八变，总还变不脱那条尾巴。

文言文比白话文难于令人辨出笔调，等于唱西皮二簧，比说话难于令人辨出嗓音。之乎者也的一来，人味减少了许多，再加上成语典故以及《古文观止》上所备有的古文笔法，我们便很难推测作者是何许人。（当然，如果韩文公或柳子厚等唐宋八大家写匿名信，一定不用文言，或者要用语录体罢？）本来文理粗通的人，或者要故意的写上几个别字，以便引人的猜测走上歧途。文言根本不必故意往坏里写，因为竭力往好里写，结果也是免不了拗涩别扭。

匿名信的效力之大小，是视收信人性格之不同而大有差异的。譬如一只苍蝇落在一碗菜上，在一个用火酒擦筷子的人必定要大惊小怪起来，一定屏去不食，一个用开水洗筷子的人就要主张烧开了再食；但是在司空见惯了的人，不要说苍蝇落在菜上，就是拌在菜里，驱开摔去便是，除了一刹那间的厌恶以外，别无其他反应。引人恶心这一点点功效，匿名信是有的，不过又不是匿名信所独有。记得十几年前（就是所谓普罗文学鼎盛的那一年）的一个冬夜，我睡在三楼亭子间，楼下电话响得很急，我穿起衣服下楼去接："找谁？""我请×××先生说话。""我就是。""啊，你就是×××先生吗？""是的，我就是。"这时节那方面的声音变了，变得很粗厉，厉声骂一句"你是□□□！"正惊愕间，呱啦一声，寂然无声了。我再上三层楼，脱衣服，睡觉。在冬天三更半夜上下三层楼挨一句骂，这是令人作呕的事，我记得我足足为之失眠者约一小时！这和匿名信是异曲同工的，不过一个是用语言，一个是用文字。

天下事有不可预防不便追究者，如匿名信便是。要预防，很难，除非自己是文盲，并且专结交文盲；要追究，很苦，除非自甘暴弃与写匿名信者一般见识。其实匿名信的来源不是不可破获的。核对笔迹是最方便的法子，犹之核对指纹。有一位细心而嗅觉发达的人曾经在启开匿名信之后嗅到一股脂粉香，按照警犬追踪的方法，他可以一直跟踪到人家的闺阁。不过问题是，万一破坏了来源，其将何以善其后？尤其是，万一证明了那写信的人是天天见面的一个好朋友，这个世界将如何住得下去！Marcus Aurelius 说："每天早晨我离家时便对自己说：'我今天将要遇见一个傲慢的人，一个忘恩负义的人，一个说话太多的人。这些人之所以要这样，乃是自然的而且必然的，所以不可惊异。'"我觉得这态度很好。世界上是有一种人要写匿名信，他或她觉得愤慨委屈，而又没有一根够硬的脊椎支持着，如果不写匿名信，情感受了压抑，会生出变态，所以写匿名信是自然的而且必然的，不可惊异。这也就是俗话所说，见怪不怪。

写匿名信给我的人以后见了我，不难过吗？我想他一定不敢两眼正视我，他一定要臊不搭的走开，或是搭讪着扯几句淡话 ①，同时他还要努力镇定，要使我不感觉他与往常有什么不同。他写过匿名信后，必定天天期望着他所希冀的效果，究竟有效呢？无效呢？这将使他惶惑不宁。写了匿名信的人一定不会一觉睡到大天光的。

---

① 淡话，指闲谈、清谈。

第六伦

　　君臣父子夫妇兄弟朋友，是为五伦，如果要添上一个六伦，便应该是主仆。主仆的关系是每个人都不得逃脱的。高贵如一国的元首，他还是人民的公仆；低贱如贩夫走卒，他回到家里，颐指气使，至少他的妻子媳妇是不免要做奴下奴的。不过我现在所要谈的"仆"，是以伺候私人起居为专职的那种仆。所谓"主"，是指用钱雇买人的劳力供其驱使的人而言。主仆这一伦，比前五伦更难敦睦。

　　在主人的眼里，仆人往往是一个"必需的罪恶"，没有他不成，有了他看着讨厌。第一，仆人不分男女，衣履难得整齐，或则蓬首垢面，或则蒜臭袭人，有些还跣足赤背，瘦骨嶙嶙，活像甘地先生，也公然升堂入室，谁看着也是不顺眼。一位唯美主义者（是王尔德还是优思曼 [①]）曾经设计过，把屋里四面墙都糊上墙纸，然后令仆人穿上与墙纸同样颜色同样花纹的衣裳，于是仆人便有了"保护色"，出入之际，不至引人注意。这是一种办法，不过尚少有人采用。有些作威作福的旅华外人，以及"二毛子"之类，往往给家里的仆人穿上制服，像番菜馆 [②] 的侍者似的；东交民巷里的洋官僚，则一年四季的给看门的赶车的戴上一顶红缨帽。这种种，无非是想要减少仆人的一些讨厌相，以适合他们自己的其实更为可厌的品位而已。

仆人，像主人一样，要吃饭，而且必然吃的更多。这在主人看来，是仆人很大的一个缺点。仆人举起一

[①] 王尔德（Oscar Wilde, 1854—1900），英国作家。优思曼（Joris-Karl Huysmans, 1848—1907），现通译为于斯曼，法国小说家。

[②] 番菜馆，即西餐馆。

碗碰鼻尖的满碗饭往嘴里扒的时候，很少主人（尤其是主妇）看着不皱眉的，心痛。很多主人认为是怪事，同样的是人，何以一旦沦为仆役，便要努力加餐到这种程度。

主人的要求不容易完全满足，所以仆人总是懒的，总是不能称意。王褒的《僮约》虽是一篇游戏文字，却表示出一般人惟恐仆人少做了事，事前一桩桩的列举出来，把人吓倒。如果那个仆人件件应允，件件做到，主人还是不会满意的，因为主人有许多事是主人自己事前也想不到的。法国中古有一篇短剧，描写一个人雇用一个仆人，也是仿王褒笔意，开列了一篇详尽的工作大纲，两相情愿，立此为凭。有一天，主人落井，大声呼援，仆人慢腾腾的取出那篇工作大纲，说："且慢，等我看看，有没有救你出井那一项目。"下文怎样，我不知道，不过可见中西一体，人同此心。主人所要求于仆人的，还有一点，就是绝对服从，不可自作主张，要像军队临阵一般的听从命令。不幸的是，仆人无论受过怎样折磨，总还有一点个性存留，他也是父母养育的，所以也受过一点发展个性的教育，因此总还有一点人性的遗留，难免顶撞主人。现在人心不古；仆人的风度之合于古法的已经不多，像北平的男仆、三河县的女仆，那样的应对得体、进退有节，大概是要像美洲红人似的需要特别辟地保护，勿令沾染外习。否则这一类型是要绝迹于人寰的了。

驾驭仆人之道，是有秘诀的，那就是，把他当做人。这样一来，凡是人所不容易做到的，我们也就不苛责于他；凡是人所容易犯的毛病，我们也可以曲宥①。陶渊明介绍一个仆人给他的儿子，写信嘱咐他说："彼亦人子也，可善视之。"这真是一大发明! J. M. Barrie② 爵士在《可敬爱的克来顿》那一出戏里所描写的，也可使人恍然于主仆一伦的精义。主仆二人漂

---

① 曲宥，指曲意宽容。

② J. M. Barrie，全称 James Matthew Barrie（1860—1937），英国剧作家和小说家。

海遇险，在一荒岛上过活。起初主人不能忘记他是主人，但是主人的架子不能搭得太久，因为仆人是惟一能砍柴打猎的人，他是生产者，他渐渐变成了主人，他发号施令，而主人渐渐变成为一助手，一个奴仆了。这变迁很自然，环境逼他们如此。后来遇救返回到"文明世界"，那仆人又局促不安起来，又自甘情愿的回到仆人的位置，那主人有所凭借，又回到主人的位置了。这出戏告诉我们，主仆的关系，不是天生成的，离开了"文明世界"，主仆的位置可能交换。我们固不必主张反抗文明，但是我们如果让一些主人明白，他不是天生成的主人，讲到真实本领他还许比他的仆人矮一大截，这对于改善主仆一伦，也未始没有助益哩！

五世同堂，乃得力于百忍。主仆相处，虽不及五世，但也需双方相当的忍。仆人买菜赚钱，洗衣服偷肥皂，这时节主人要想，国家借款不是也有回扣吗？仆人倔强顶撞傲慢无礼，这时节主人要想，自己的儿子不也是时常反唇相讥，自己也只好忍气吞声么？仆人调笑谑浪，男女混杂，这时节主人要想，所谓上层社会不也有的是桃色案件吗？肯这样想便觉心平气和，便能发现每一个仆人都有他的好处。在仆人一方面，更需要忍。主人发脾气，那是因为赌输了钱，或是受了上司的气而无处发泄，或是夜里没有睡好觉，或是肠胃消化不良。

　　Swift[1] 在他的《婢仆须知》一文里有这样一段："这应该定为例规，凡下房或厨房里的桌椅板凳都不得有三条以上的腿。这是古老定例，在我所知道的人家里都是如此。据说有两个理由，其一，用以表示仆役都是在臬兀[2] 不定的状态；其二，算是表示谦卑，仆人用的桌椅比主人用的至少要缺少一条腿。我承认这里对于厨娘有一个例外，她依照旧习惯可以有一把靠手椅备饭后的安息，然而我也少见有三条以上的腿的。

---

①　Swift（Jonathan Swift, 1667—1745），英国文学家。

②　臬兀，动摇不安的样子。

仆人的椅子之发生这种传染性跛疾，据哲学家说是由于两个原因，即造成邦国的最大革命者：我是指恋爱与战争。一条凳，一把椅子，或一张桌子，在总攻击或小战的时候，每被拿来当作兵器；和平以后，椅子——倘若不是十分结实——在恋爱行为中又容易受损，因为厨娘大抵肥重，而司酒的又总是有点醉了。"

　　这一段讽刺的意义是十分明白的，虽然对我们国情并不甚合。我们国里仆人们坐的凳子，固然有只有三条腿的，可是在三条以上的也甚多。一把普通的椅子最多也不过四条腿，主仆之分在这上面究竟找不出多大距离。我觉得惨的是，仆人大概永远像莎士比亚《暴风雨》中的那个卡力班，又蠢笨，又狡猾，又怯懦，又大胆，又服从，又反抗，又不知足，又安天命，陷入极端的矛盾。这过错多半不在仆人方面。如果这世界上的人，半是主人半是仆，这一伦的关系之需要调整是不待言的了。

狗

　　我初到重庆，住在一间湫隘^①的小室里，窗外还有三两棵肥硕的芭蕉，屋里益发显得阴森森的。每逢夜雨，凄惨欲绝。但凄凉中毕竟有些诗意。旅中得此，尚复何求？我所最感苦恼的乃是房门外的那一只狗。

　　我的房门外是一间穿堂，亦即房东一家老小用膳之地，餐桌底下永远卧着一条脑满肠肥的大狗。主人从来没有扫过地，每餐的残羹剩饭、骨屑稀粥，以及小儿便溺，全都在地上星罗棋布着，由那只大狗来舐

————————————

　　① 湫隘，读 jiǎoài，低洼狭窄之意。

得一干二净。如果有生人走进，狗便不免有所误会，以为是要和它争食，于是声色俱厉的猛扑过去。在这一家里，狗完全担负了"洒扫应对"的责任。

"君子有三畏"，狾犬①其一也。我知道性命并无危险，但是每次出来进去总要经过它的防次，言语不通，思想亦异，每次都要引起摩擦，酿成冲突，日久之后真觉厌烦之至。其间曾经谋求种种对策，一度投以饵饼，期收绥靖之效，不料饵饼尚未啖完，乘我返身开锁之际，无警告的向我的腿部偷袭过来；又一度改取"进攻乃最好之防御"的方法，转取主动，见头打头，见尾打尾，虽无挫衄②，然积小胜终不能成大胜，且转战之余，血脉偾张，亦大失体统。因此外出即怵回家，回到房里又不敢多饮茶。不过使我最难堪的还不是狗，而是它的主人的态度。

狗从桌底下向我扑过来的时候，如果主人在场，

① 狾，读 zhì。狾犬，意大疯狗。
② 衄，读 nù，指鼻子出血。

我心里是存着一种奢望的：我觉得狗虽然也是高等动物、脊椎动物哺乳类，然而，究竟，至少在外形上，主人和我是属于较近似的一类，我希望他给我一些援助或同情。但是我错了，主客异势，亲疏有别，主人和狗站在同一立场。我并不是说主人也帮着狗狺狺然①来对付我，他们尚不至于这样的合群；我是说主人对我并不解救，看着我的狼狈而哄然嗤笑，泛起一种得意之色，面带着笑容对狗嗔骂几声："小花！你昏了？连×先生你都不认识了！"骂的是狗，用的是让我所能听懂的语言。那弦外之音是："我已尽了管束之责了，你如果被狗吃掉莫要怪我。"然后他就像是在罗马剧场里看基督徒被猛兽扑食似的作壁上观。俗语说"打狗看主人"，我觉得不看主人还好，看了主人我倒要狠狠的再打狗几棍。

后来我疏散下乡，遂脱离了这恶犬之家。听说继

---

①　狺，读 yín，形容狗叫的声音。

续住那间房的是一位军人，他也遭遇了狗的同样的待遇，也遭遇了狗的主人的同样的待遇，但是他比我有办法，他拔出枪来把狗当场格毙了。我于称快之余，想起那位主人的悲怆，又不能不付予同情了。特别是，残茶剩饭丢在地下无人舐，主人势必躬亲洒扫，其凄凉是可想而知的。

在乡下不是没有犬厄。没有背景的野犬是容易应付的，除了菜花黄时的疯犬不计外，普通的野犬都是些不修边幅的夹尾巴的可怜的东西，就是汪汪的叫起来也是有气无力的，不像人家豢养的狗那样振振有词自成系统。有些人家在门口挂着牌示"内有恶犬"，我觉得这比门里埋伏恶犬的人家要忠厚得多。我遇见过埋伏，往往猝不及防，惊惶大呼。主人闻声搴帘而出，嫣然而笑，肃客入座，从容相告狗在最近咬伤了多少人。这是一种有效的安慰，因为我之未及于难是比较可庆幸的事了。但是我终不明白，他为什么不索兴养一只虎？来一个吃一个，来两个吃一双，岂不是更为体面么？

　　这道理我终于明白了。雅舍无围墙,而盗风炽,于是添置了一只狗。一日邮差贸贸然来,狗大声咆哮,邮差且战且走,蹒跚而逸,主人拊掌大笑。我顿有所悟。别人的狼狈永远是一件可笑的事,被狗所困的人是和踏在香蕉皮上面跌跤的人同样的可笑。养狗的目的就要它咬人,至少作吃人状。这就是等于养鸡是为要它生蛋一样,假如一只狗像一只猫一样,整天晒太阳睡觉,客人来便咪咪叫两声,然后逡巡而去,我想不但主人惭愧,客人也要惊讶。所以狗咬客人,在主人方面认为狗是克尽厥职,表面上尽管对客抱歉,内心里是有一种愉快,觉得我的这只狗并非是挂名差事,它守在岗位上发挥了作用,所以对狗一面苛责,一面也还要嘉勉;因此脸上才泛出那一层得意之色。还有衣裳楚楚的人,狗是不大咬的,这在主人也不能不有"先护我心"之感。所可遗憾者,有些主人并不以衣裳取人,亦并不以衣裳废人,而这种道理无法通知门上,有时不免要慢待佳宾。不过就大体论,狗的眼力总是和它的主人差不了多少。所以,有这样多的人家都养狗。

客

"只有上帝和野兽才喜欢孤独。"上帝吾不得而知之，至于野兽，则据说成群结党者多，真正孤独者少。我们凡人，如果身心健全，大概没有不好客的。以欢喜幽独著名的 Thoureau[①]，他在树林里也将来客安排得舒舒贴贴。我常幻想着"风雨故人来"的境界，在风飒飒、雨霏霏的时候，心情枯寂百无聊赖，忽然有客款扉，把握言欢，莫逆于心。来客不必如何风雅，但至少第一不谈物价升降，第二不谈宦海浮沉，第三

----

① Thoureau（1817—1862），通译为梭罗，美国作家，著有《瓦尔登湖》。

不劝我保险，第四不劝我信教，乘兴而来，兴尽即返，这真是人生一乐。但是我们为客所苦的时候也颇不少。

很少的人家有门房，更少的人家有拒人千里之外的阍者[①]，门禁既不森严，来客当然无阻，所以私人居处，等于日夜开放。有时主人方在厕上，客人已经升堂入室，回避不及，应接无术，主人鞠躬如也，客人呆若木鸡；有时主人方在用饭，而高轩贲止[②]，便不能不效周公之"一饭三吐哺"，但是来客并无归心，只好等送客出门之后再补充些残羹剩饭；有时主人已经就枕，而不能不倒屣相迎。一天二十四小时之内，不知客人何时入侵，主动在客，防不胜防。

在西洋，所谓客者是很希罕的东西，因为他们办公有办公的地点，娱乐有娱乐的场所，住家专做住家之用。我们的风俗稍为不同一些，办公、打牌、

---

① 阍者，看门的人。
② 高轩，贵显者所乘的车。贲，读bì，意装饰。高轩贲止，指显贵之人突然来。

吃茶、聊天都可以在人家的客厅里随时举行的。主人既不能在座位上遍置针毡，客人便常有如归之乐。从前官场习惯，有所谓端茶送客之说。主人觉得客人应该告退的时候，便举起盖碗请茶；那时节一位训练有素的豪仆在旁一眼瞥见，便大叫一声"送客！"另有人把门帘高高打起。客人除了告辞之外，别无他法。可惜这种经济时间的良好习俗，今已不复存在，而且这种办法也只限于官场，如果我在我的小小客厅之内端起茶碗，由荆妻稚子在旁嘤然一声"送客"，我想客人会要疑心我一家都发疯了。

客人久坐不去，驱禳①至为不易。如果你枯坐不语，他也许发表长篇独白，像个垃圾口袋一样，一碰就泄出一大堆；也许一根一根的纸烟不断的吸着，静听挂钟滴答滴答的响。如果你暗示你有事要走，他也许表示愿意陪你一道走。如果你问他有无其他的事情见教，

---

① 禳，读 ráng，指祈祷消除灾殃。

他也许干脆告诉你来此只为闲聊天。如果你表示正在
为了什么事情忙，他会劝你多休息一下。如果你一遍
一遍的给他斟茶，他也许就一碗一碗的喝下去而连声
说"主人别客气"。乡间迷信，恶客盘踞不去时，家人
可在门后置一扫帚，用针频频刺之，客人便会觉得有刺
股之痛，坐立不安而去。此法有人曾经实验，据云无效。

　　"茶，泡茶，泡好茶；坐，请坐，请上座。"出家
人犹如此势利，在家人更可想而知。但是为了常遭客
灾的主人设想，茶与座二者常常因客而异，盖亦有说。
夙好牛饮之客，自不便奉以"水仙""云雾"，而精研
《茶经》之士，又断不肯尝试那"高末""茶砖"。茶卤
加开水，浑浑满满一大盅，上面泛着白沫如啤酒，或
漂着油彩如汽油，这固然令人恶心；但是如果名茶一
盏，而客人并不欣赏，轻咂一口，盅缘上并不留下芬芳，
留之无用，弃之可惜，这也是非常讨厌之事。所以客
人常被分为若干流品，有能启用平夙主人自己舍不得
饮用的好茶者；有能享受主人自己日常享受的中上茶

者；有能大量取用茶卤冲开水者；飨①以"玻璃"者是
为未入流。至于座处，自以直入主人的书房绣闼者为
上宾，因为屋内零星物件必定甚多，而主人略无防闲
之意，于亲密之中尚含有若干敬意，做客至此，毫无
遗憾；次焉者廊前檐下随处接见，所谓班荆道故，了
无痕迹；最下者则肃入客厅，屋内只有桌椅板凳，别
无长物，主人着长袍而出，寒暄就座，主客均客气之至；
在厨房后门伫立而谈者是为未入流。我想此种差别待遇，
是无可如何之事，我不相信孟尝门客三千而待遇平等。

人是永远不知足的。无客时嫌岑寂，有客时嫌烦
嚣，客走后扫地抹桌又另有一番冷落空虚之感。问题
的症结全在于客的素质。如果素质好，则未来时想他
来，既来了想他不走，既走想他再来；如果素质不好，
未来时怕他来，既来了怕他不走，既走怕他再来。虽
说物以类聚，但不速之客甚难预防。"夜半待客客不至，
闲敲棋子落灯花"，那种境界我觉得最足令人低徊。

---

　　① 飨，读 xiǎng，用酒食款待。

握 手

握手之事，古已有之，《后汉书》："马援与公孙述少同里间相善，以为既至常握手，如平生欢。"但是现下通行的握手，并非古礼，既无明文规定，亦无此种习俗，大概还是剃了小辫以后的事。我们不能说马援和公孙述握过手，便认为是过去有此礼节的明证。

西装革履我们都可以忍受，简便易行而且惠而不费的握手我们当然无需反对。不过有几种人，若和他握手，会感觉痛苦。

第一是做大官或自以为做大官者，那只手不好握。他常常挺着胸膛，伸出一只巨灵之掌，两眼望青天，等你趁上去握的时候，他的手仍是直僵的伸着，他并不握，他等着你来握。你事前不知道他是如此爱惜气力，所以不免要热心的迎上去握，结果是孤掌难鸣，冷淡淡的讨一场没趣。而且你还要及早罢手，赶快撒手，因为这时候他的身体已转向另一个人去，他预备把那巨灵之掌给另一个人去握——不是握，是摸。对付这样的人只有一个办法，便是，你也伸出一只巨灵之掌，你也别握，和他作"打花巴掌"状，看谁先握谁！

另一种人过犹不及。他握着你的四根手指，恶狠狠的一挤，使你痛彻肺腑，如果没有寒暄笑语偕以俱来，你会误以为他是要和你角力。此种人通常有耐久力，你入了他的掌握，休想逃脱出来。如果你和他很有交情，久别重逢，情不自禁，你的关节虽然痛些，我相信你会原谅他的。不过通常握手用力最大者，往往交情最浅。他是要在向你使压力的时候使你发生一种错觉，以为此人遇我特善。其实他是握了谁的手都是一样卖力的。如果此人曾在某机关做过干事之类，必能一面握手，一面在你的肩头重重的拍一下子，"哈喽，哈喽，怎样好？"

单就握手时的触觉而论，大概愉快时也就不多。春笋般的纤纤玉指，世上本来少有，更难得一握。我们常握的倒是些冬笋或笋干之类，虽然上面更常有蔻丹的点缀，干到还不如熊掌。迭更斯① 的《大卫·高拍菲尔》里的乌利亚，他的手也是令人不能忘的，永远是湿津津的冷冰冰的，握上去像是五条鳝鱼。手脏一点无妨，因为握前无暇检验，惟独带液体的手不好握，因为事后不便即揩，事前更不便先给他揩。

"有一桩事，男人站着做，女人坐着做，狗翘起一条腿儿做。"这桩事是——握手。和狗行握手礼，我尚无经验，不知狗爪是肥是瘦，亦不知狗爪是松是

---

① 迭更斯（Charles John Huffam Dickens，1812—1870），通译为狄更斯，英国作家。

紧，姑置不论。男女握手之法不同。女人握手无需起身，亦无需脱手套，殊失平等之旨，尚未闻妇女运动者倡议纠正。在外国，女人伸出手来，男人照例只握手尖，约一英寸至二英寸，稍握即罢，这一点在我们中国好像禁忌少些，时间空间的限制都不甚严。

朋友相见，握手言欢，本是很自然的事，有甚于握手者，亦未曾不可，只要双方同意，与人无涉。惟独大庭广众之下，宾客环坐，握手势必普遍举行，面目可憎者，语言无味者，想饱以老拳尚不足以泄忿者，都要一一亲炙，皮肉相接，在这种情形之下握手，我觉得是一种刑罚。

《哈姆雷特》中波娄尼阿斯诫其子曰："不要为了应酬每一个新交而磨粗了你的手掌。"我们是要爱惜我们的手掌。

下 棋

有一种人我最不喜欢和他下棋，那便是太有涵养的人。杀死他一大块，或是抽了他一个车，他神色自若，不动火，不生气，好像是无关痛痒，使得你觉得索然寡味。君子无所争，下棋却是要争的。当你给对方一个严重威胁的时候，对方的头上青筋暴露，黄豆般的汗珠一颗颗的在额上陈列出来，或哭丧着脸作惨笑，或咕嘟着嘴作吃屎状，或抓耳挠腮，或大叫一声，或长吁短叹，或自怨自艾口中念念有词，或一串串的噎嗝打个不休，或红头涨脸如关公，种种现象，不一而足，这时节你"行有余力"便可以点起一支烟，或啜一碗茶，静静的欣赏对方的苦闷的象征。我想猎人困逐一只野兔的时候，其愉快大概略相仿佛。因此我悟出一点道理，和人下棋的时候，如果有机会使对方受窘，当然无所不用其极，如果被对方所窘，便努力作出不介意状，因为既不能积极的给对方以苦痛，只好消极的减少对方的乐趣。

自古博弈并称，全是属于赌的一类，而且只是比"饱食终日无所用心"略胜一筹而已。不过弈虽小术，亦可以观人。相传有慢性人，见对方走当头炮，便左思右想，不知是跳左边的马好，还是跳右边的马好，想了半个钟头而迟迟不决，急得对方拱手认输。是有这样的慢性人，每一着都要考虑，而且是加慢的考虑。我常想这种人如加入龟兔竞赛，也必定可以获胜。也有性急的人，下棋如赛跑，劈劈拍拍，草草了事，这仍就是饱食终日无所用心的一贯作风。下棋不能无争，争的范围有大有小，有斤斤计较而因小失大者，有不拘小节而眼观全局者，有短兵相接作生死斗者，有各自为战而旗鼓相当者，有赶尽杀绝一步不让者，有好勇斗狠同归于尽者，有一面下棋一面诮骂者，但最不幸的是争的范围超出了棋盘而拳足交加。有下象棋者，久而无声响，排闼视之，阒不见人，原来他们是在门后角里扭作一团，一个人骑在另一个人的身上，在他的口里挖车呢。被挖者不敢出声，出声则口张，口张则车被挖回，挖回则必悔棋，悔棋则不得胜，这种认真的态度憨得可爱。我曾见过二人手谈，起先是坐着，神情潇洒，望之如神仙中人，俄而棋势吃紧，两人都站起来了，剑拔弩张，如斗鹌鹑，最后到了生死关头，两个人跳到桌上去了！

笠翁《闲情偶寄》说弈棋不如观棋，因观者无得失心，观棋是有趣的事，如看斗牛、斗鸡、斗蟋蟀一般。但是观棋也有难过处，观棋不语是一种痛苦，喉间硬是痒得出奇，思一吐为快。看见一个人要入陷阱而不作声是几乎不可能的事。如果说得中肯，其中一个人要厌恨你，暗暗的骂一声"多嘴驴！"另一个人也不感激你，心想"难道我还不晓得这样走！"如果说得不中肯，两个人要一齐嗤之以鼻，"无见识奴！"如果根本不说，憋在心里，受病。所以有人于挨了一个耳光之后还要抚着热辣辣的嘴巴大呼："要抽车，要抽车！"

下棋只是为了消遣，其所以能使这样多人嗜此不疲者，是因为它颇合于人类好斗的本能，这是一种"斗智不斗力"的游戏。所以瓜棚豆架之下，与世无争的村夫野老不免一枰相对，消此永昼；闹市茶寮①之中，常有有闲阶级的人士下棋消遣，"不为无益之事，何以遣此有涯之生？"宦海里翻过身最后退隐东山的大人先生们，髀肉复生而英雄无用武之地，也只好闲来对弈，了此残生，下棋全是"剩余精力"的发泄。人总是要斗的，总是要勾心斗角的和人争逐的。与其和人争权夺利，还不如在棋盘上多占几个官；与其招摇

---

① 茶寮，即茶馆。

撞骗，还不如在棋盘上抽上一车。宋人笔记曾载有一段故事："李讷仆射，性卞急，酷好弈棋，每下子安详，极于宽缓。往往躁怒作，家人辈则密以弈具陈于前。讷睹，便忻然改容，以取其子布弄，都忘其恚矣。"（《南部新书》）下棋，有没有这样陶冶性情之功，我不敢说，不过有人下起棋来确实是把性命都可置诸度外。我有两个朋友下棋，警报作，不动声色。俄而弹落，棋子被震得在盘上跳荡，屋瓦乱飞。其中一位棋瘾较小者变色而起，被对方一把拉住，"你走！那就算是你输了。"此公深得棋中之趣。

写　字

　　在从前，写字是一件大事，在"念背打"教育体系当中占一个很重要的位置，从描红模子的横平竖直，到写墨卷的黑大圆光，中间不知有多大艰苦。记得小时候写字，老师冷不防的从你脑后把你的毛笔抽走，弄得你一手掌的墨，这证明你执笔不坚，是要受惩罚的。这样恶作剧还不够，有的在笔管上套大铜钱，一个，两个，乃至三四个，摇动笔管只觉头重脚轻。这原理是和国术家腿上绑沙袋差不多，一旦解开重负便会身轻似燕极尽飞檐走壁之能事。如果练字的时候笔管上驮着好几两重的金属，一旦握起不加附件的竹管，当然会龙飞蛇舞，得心应手了。写一寸径的大字，也有人主张用悬腕法，甚至悬肘法，写字如站桩，挺起腰板，咬紧牙关，正襟危坐，道貌岸然。在这种姿态中写出来的字，据说是能力透纸背。现代的人无需受这种折磨。"科举"已经废除了，只会写几个"行""阅""如拟""照办"，便可为官。自来水笔代替了毛笔，横行左行也可以应酬问世，写字一道，渐渐的要变成"国粹"了。

当作一种艺术看，中国书法是很独特的。因为字是艺术，所以什么"永字八法"之类的说教，其效用也就和"新诗作法""小说作法"相差不多。绳墨当然是可以教的，而巧妙各有不同，关键在于个人。写字最容易泄露一个人的个性，所谓"字如其人"大抵不诬。如果每个字都方方正正，其人大概拘谨；如果伸胳臂拉腿的都逸出格外，其人必定豪放；字瘦如柴，其人必如排骨；字如墨猪，其人必近于"五百斤油"。所以郑板桥的字，就应该是那样的倾斜古怪，才和他那吃狗肉傲公卿的气概相称；颜鲁公的字就应该是那样的端庄凝重，才和他的临难不苟的品格相合，其间无丝毫勉强。

在"文字国"里，需要写字的地方特别多。擘窠大字至蝇头小楷，都有用途。可惜的是，写字的人往往不能用其所长，且常用错了地方。譬如，凿石摹壁的大字，如果不能使山川生色，就不如给当铺酱园写写招牌，至不济也可以给煤栈写"南山高煤"。有些人的字不宜在壁上题诗，改写春联或"抬头见喜"就合适得多。有的人写字技术非常娴熟，在茶壶盖上写"一片冰心"是可以胜任的，却偏爱给人题跋字画。中堂条幅对联，其实是人人都可以写的，不过悬挂的地点应该有个分别，有的宜于挂在书斋客堂，有的宜于挂在饭铺理发馆，求其环境配合，气味相投，如是而已。

"善书者不择笔"，此说未必尽然，秃笔写铁线篆，未尝不可，临赵孟頫《心经》就有困难。字写得坚挺俊俏，所用大概是尖毫。笔墨纸砚，对于字的影响是不可限量的。有时候写字的人除了工具之外，还讲究一点特殊的技巧。最妙者无过于某公之一笔虎，八尺的宣纸，布满了一个虎字，气势磅礴，一气呵成，尤其是那一直竖，顶天立地的笔直一根杉木似的，煞是吓人。据说，这是有特别办法的，法用马弁一名，牵着纸端，在写到那一竖的时候把笔顿好，喊一声"拉"，马弁牵着纸就往后扯，笔直的一竖自然完成。

写字的人有瘾，瘾大了就非要替人写字不可，看着人家的白扇面，就觉得上面缺点什么，至少也应该有"精气神"三个字。相传有人爱写字，尤其是爱写扇子，后来腿坏，以至无扇可写；人问其故，原来是大家见了他就跑，他追赶不上了。如果字真写到好处，当然不需腿健，但写字的人究竟是腿健者居多。

画　展

　　我参观画展，常常感觉悲哀。大抵一个人不到山穷水尽的时候，不肯把他所能得到的友谊一下子透支净尽，所以也就不会轻易开画展。门口横挂着一条白布，如果把上面的"画展"二字掩住，任何人都会疑心是追悼会。进得门去"一片缟素"，仔细一看，是一幅幅的画，三三两两的来宾在那里指指点点，吱吱喳喳，有的苦笑，有的撇嘴，有的愁眉苦脸，有的挤眉弄眼，大概总是面带戚容者居多。屋角里坐着一个蓬首垢面的人，手心上直冒冷汗，这一位大概就是精通六法的画家。好像这不是欣赏艺术的地方，而是仁人君子解囊救命的地方。这一幅像八大，那一幅像石涛，幅幅后面都隐现着一个面黄肌瘦嗷嗷待哺的人影，我觉得惨。

任凭你参观的时候是多么早，总有几十幅已经标上了红签，表示已被人赏鉴而订购了。可能是真的。因为现在世界上是有一种人，他有力量造起亭台楼阁，有力量设备天棚鱼缸石榴树肥狗胖丫头，偏偏白汪汪的墙上缺少几幅画。这种人很聪明，他的品位是相当高的，他不肯在大厅上挂起福禄寿三星，也不肯挂刘海戏金蟾，因为这是他心里早已有的，一闭眼就看得清清楚楚用不着再挂在面前，他要的是近似四王吴恽甚至元四大家之类的货色。这一类货色是任何画展里都不缺乏的，所以我说那些红签可能是真的，虽然是在开幕以前即已成交。不过也不一定全是真的，第一天三十个红签，如果生意兴隆，有些红签是要赶快取下的，免得耽误了真的顾主，所以第二天就许只剩二十个红签，千万不要以为有十个悬崖勒马的人又退了货。

一幅画如何标价，这虽不见于六法，却是一种艺术。估价要根据成本，此乃不易之论。纸张的质料与尺寸，一也；颜料的种类与分量，二也；裱褙的款式与工料，三也；绘制所用之时间与工力，四也；题识者之身份与官阶，五也。——这是全要顾虑到的。至于画的本身之优劣，可不具论。于成本之外应再加多少盈利，这便要看各人心地之薄与脸皮之厚到如何程度了。但亦有两个学说：一个是高抬物价，一幅枯树牛山，硬标上惊人的高价，观者也许咋舌，但是谁也不愿对于风雅显着外行，他至少也要赞叹两声，认为是神来之笔，如果一时糊涂就许订购而去；一个是廉价多卖，在求人订购的时候比较的易于启齿而不太伤感情。

画展闭幕之后，画家的苦难并未终止。他把画一轴轴的必恭必敬的送到顾主府上，而货价的交割是遥遥无期的，他需要踵门乞讨。如果遇到"内有恶犬"

的人家，逡巡不敢入，勉强叩门而入，门房的颜色更
可怕，先要受盘查，通报之后主人也许正在午睡或是
有事不能延见，或是推托改日再来。这时节他不能急，
他要隐忍，要有艺术家的修养。几曾看见过油盐店的
伙计讨账敢于发急？

　　画展结束之后，检视行箧，卖出去的是哪些，剩
下的是哪些，大概可得如下之结论：着色者易卖，山
水中有人物者易卖，花卉中有翎毛者易卖，工细而繁
复者易卖，霸悍粗犷吓人惊俗者易卖，章法奇特而狂
态可掬者易卖，有大人先生品题者易卖。总而言之，
有卖相者易于脱手，无卖相者便"只供自怡悦"了。
绘画艺术的水准就在这买卖之间无形中被规定了。下
次开画展的时候，多点石绿，多泼胭脂，山水里不要
忘了画小人儿，"空亭不见人"是不行的，花卉里别
忘了画只鸟儿，至少也要是一只螳螂即了，要细皴
细点，要回环曲折，要有层峦叠嶂，要有亭台楼阁，
用大笔，用枯墨，一幅山水可以画得天地头不留余地，

五尺捶宣也可以描上三朵梅花而尽是空白。在画法上是之谓"画蠹"，在画展里是之谓"成功"。

有人以为画展之事是附庸风雅，无补时艰。我倒不这样想。写字、刻印以及词章、考证，哪一样又有补时艰？画展只是一种市场，有无相易，买卖自由，不愧于心，无伤大雅。我怕的是，蜀山图里画上一辆卡车，寒林图里画上一架飞机。

脸　谱

　　我要说的脸谱不是旧剧里的所谓"整脸""碎脸""三块瓦"之类，也不是麻衣相法里所谓观人八法"威、厚、清、古、孤、薄、恶、俗"之类。我要谈的脸谱乃是每天都要映入我们眼帘的形形色色的活人的脸。旧戏脸谱和麻衣相法的脸谱，那乃是一些聪明人从无数活人脸中归纳出来的几个类型公式，都是第二手的资料，可以不管。

　　古人云："人心不同，各如其面。"那意思承认人面不同是不成问题的。我们不能不叹服人类创造者的技巧的神奇，差不多的五官七窍，但是部位配合，变化无穷，比七巧板复杂多了。对于什么事都讲究"统一""标准化"的人，看见人的脸如此复杂离奇，恐怕也无法训练改造，只好由它自然发展罢？假使每一个人的脸都像是从一个模子里翻出来的，一律的浓眉大眼，一律的虎额隆准，在排起队来检阅的时候固然甚为壮观整齐，但不便之处必定太多，那是不可想象的。

人的脸究竟是同中有异，异中有同，否则也就无所谓谱。就粗浅的经验说，人的脸大别为二种，一种是令人愉快的，一种是令人不愉快的。凡是常态的、健康的、活泼的脸，都是令人愉快的，这样的脸并不多见。令人不愉快的脸，心里有一点或很多不痛快的事，很自然的把脸拉长一尺，或是罩上一层阴霾，但是这张脸立刻形成人与人之间的隔阂，立刻把这周围的气氛变得阴沉。假如，在可能范围之内，努力把脸上的筋肉松弛一下，嘴角上挂出一个微笑，自己费力不多，而给予人的快感甚大，可以使得这人生更值得留恋一些。我永不能忘记那永长不大的孩子潘彼得，他嘴角上永远挂着一颗微笑，那是永恒的象征。一个成年人若是完全保持一张孩子脸，那也并不是理想的事，除了给"婴儿自己药片"做商标之外，也不见得有什么用处。不过赤子之天真，如在脸上还保留一点痕迹，这张脸对于人类的幸福是有贡献的。令人愉快的脸，其本身是愉快的，这与老幼妍媸无关。丑一点，黑一点，下巴长一点，鼻梁塌一点，都没有关系，只要上面漾着充沛的活力，便能辐射出神奇的光彩，不但有光，还有热。这样的脸能使满室生春，带给人们兴奋、光明、调谐、希望、欢欣。一张眉清目秀的脸，如果恹恹无生气，我们也只好当做石膏像来看待了。

我觉得那是一个很好的游戏：早起出门，留心观察眼前活动的脸，看看其中有多少类型，有几张使你看了一眼之后还想再看？

不要以为一个人只有一张脸。女人不必说，常常"上帝给她一张脸，她自己另造一张"。不涂脂粉的男人的脸，也有"卷帘"一格，外面摆着一副面孔，在适当的时候呱嗒一声如帘子一般卷起，另露出一副面孔。《杰克博士与海德先生》（*Dr. Jekyll and Mr. Hyde*），那不是寓言。误入仕途的人往往养成这一套本领。对下司道貌岸然，或是面部无表情，像一张白纸似的，使你无从观色，莫测高深；或是面皮绷得像一张皮鼓，脸拉得驴般长，使你在他面前觉得矮好几尺！但是他一旦见到上司，驴脸得立刻缩短，再往瘪里一缩，马上变成柿饼脸，堆下笑容，直线条全变成曲线条；如果见到更高的上司，连笑容都凝结得堆不下来，未开言嘴唇要抖上好大一阵，脸上作出十足的诚惶诚恐之状。帘子脸是傲下媚上的主要工具，对于某一种人是少不得的。

不要以为脸和身体其他部分一样的受之父母，自己负不得责。不，在相当范围内，自己可以负责的。大概人的脸生来都是和善的，因为从婴儿的脸看来，不必一定都是颜如渥丹，但是大概都是天真无邪，令人看了喜欢的。我还没见过一个孩子带着一副不得善终的脸。脸都是后来自己作践坏了的。人们多半不体会自己的脸对于别人发生多大的影响。脸是到处都有的。在送殡的行列中偶然发现的哭丧脸，作讣闻纸色，眼睛肿得桃儿似的，固然难看；一行行的囚首垢面的人，如稻草人，如丧家犬，脸上作黄蜡色，像是才从牢狱里出来，又像是要到牢狱里去，凸着两只没有神的大眼睛，看着也令人心酸；还有一大群心地不够薄脸皮不够厚的人，满脸泛着平价米色，嘴角上也许还沾着一点平价油，身穿着一件平价布，一脸的愁苦，没有一丝的笑容，这样的脸是颇令人不快的。但是这些贫病愁苦的脸还不算是最令人不愉快，因为只是消极得令人心里堵得慌，而且稍微增加一些营养（如肉糜之类）或改善一些环境，脸上的神情还可以渐渐恢复常态。最令人不快的是一些本来吃得饱、睡得着、红光满面的脸，偏偏带着一股肃杀之气，冷森森地拒人千里之外，看你的时候眼皮都不抬，嘴撇得瓢儿似

的，冷不防抬起眼皮给你一个白眼，黑眼球不知翻到
哪里去了，脖梗子发硬，脑壳朝天，眉头皱出好几道
熨斗都熨不平的深沟——这样的神情最容易在官办
的业务机关的柜台后面出现。遇见这样的人，我就觉
得惶惑：这个人是不是昨天赌了一夜以致睡眠不足，
或是接连着腹泻了三天，或是新近遭遇了什么闵凶，
否则何以乖戾至此，连一张脸的常态都不能维持了
呢？

中 年

　　钟表上的时针是在慢慢的移动着的，移动得如此之慢，使你几乎不感觉到它的移动。人的年纪也是这样的，一年又一年，总有一天会蓦然一惊，已经到了中年。到这时候大概有两件事使你不能不注意：讣闻不断的来，有些性急的朋友已经先走一步，很煞风景，同时又会忽然觉得一大批一大批的青年小伙子在眼前出现，从前也不知是在什么地方藏着的，如今一齐在你眼前摇晃，磕头碰脑的尽是些昂然阔步满面春风的角色，都像是要去吃喜酒的样子。自己的伙伴一个个的都入蛰了，把世界交给了青年人。所谓"耳畔频闻故人死，眼前但见少年多"，正是一般人中年的写照。

　　从前杂志背面常有"韦廉士红色补丸"的广告，画着一个憔悴的人，弓着身子，手扪在腰上，旁边注着"图中寓意"四字。那寓意对于青年人是相当深奥的。可是这幅图画却常在一般中年人的脑里涌现，虽然他不一定想吃"红色补丸"，那点寓意他是明白的了。一根黄松的柱子，都有弯曲倾斜的时候，何况是二十六块碎骨头拼凑成的一条脊椎？年青人没有不好照镜子的，在店铺的大玻璃窗前照一下都是好的，总觉得大致上还有几分姿色。这顾影自怜的习惯逐渐消失，以至于有一天偶然揽镜，突然发现额上刻了横纹，那线条是显明而有力，像是吴道子的"莼菜描"，心想那是抬头纹，可是低头也还是那样。再一细看头顶上的头发有搬家到腮旁额下的趋势，而最令人怵目惊心的是，鬓角上发现几根白发。这一惊非同小可，平夙一毛不拔的人到这时候也不免要狠心的把它拔去，拔毛连茹，头发根上还许带着一颗鲜亮的肉珠。但是没有用，岁月不饶人！

　　一般的女人到了中年，更着急。哪个年青女子不是饱满丰润得像一颗牛奶葡萄，一弹就破的样子？哪个年青女子不是玲珑矫健得像一只燕子，跳动得那么轻灵？到了中年，全变了。曲线都还存在，但满不是那么回事，该凹入的部分变成了凸出，该凸出的部分变成了凹入，牛奶葡萄要变成金丝蜜枣，燕子要变鹌鹑。最暴露在外面的是一张脸，从"鱼尾"起皱纹撒出一面网，纵横辐辏，疏而不漏，把脸逐渐织成一幅铁路线最发达的地图。脸上的皱纹已经不是熨斗所能烫得平的，同时也不知怎么在皱纹之外还常常加上那么多的苍蝇屎。所以脂粉不可少。除非粪土之墙，没有不可圬的道理。在原有的一张脸上再罩上一张脸，本是最简便的事。不过在上妆之前下妆之后，容易令人联想起《聊斋志异》的那一篇《画皮》而已。女人的肉好像最禁不起地心的吸力，一到中年便一齐松懈下来往下堆摊，成堆的肉挂在脸上，挂在腰边，挂在踝际。听说有许多西洋女子用擀面杖似的一根棒子早晚浑身乱搓，希望把浮肿的肉压得结实一点，又有些人干脆忌食脂肪忌食淀粉，扎紧裤带，活生生的把自己"饿"回青春去。有多少效果，我不知道。

别以为人到中年就算完事，不，譬如登临，人到中年像是攀跻到了最高峰。回头看看，一串串的小伙子正在"头也不回呀汗也不揩"的往上爬。再仔细看看，路上有好多块绊脚石，曾把自己磕碰得鼻青脸肿，有好多处陷阱，使自己做了若干年的井底蛙。回想从前，自己做过扑灯蛾，惹火焚身，自己做过撞窗户纸的苍蝇，一心想奔光明，结果落在粘苍蝇的胶纸上！这种种景象的观察，只有站在最高峰上才有可能。向前看，前面是下坡路，好走得多。

施耐庵《水浒》序云："人生三十未娶，不应再娶；四十未仕，不应再仕。"其实"娶""仕"都是小事，不娶不仕也罢，只是这种说法有点中途弃权的意味，西谚云："人的生活在四十才开始。"好像四十以前，不过是几出配戏，好戏都在后面。我想这与健康有关。吃窝头米糕长大的人，拖到中年就算不易，生命力已经蒸发殆尽。这样的人焉能再娶？何必再仕？服"维他赐保命"都嫌来不及了。我看见过一些得天独厚的男男女女，年轻的时候愣头愣脑的，浓眉大眼，生僵挺硬，像是一些又青又涩的毛桃子，上面还带着挺长的一层毛。他们是未经琢磨过的璞石。可是到了中年，他们变得润泽了，容光焕发，脚底下像是有了弹簧，一看就知道是内容充实的。他们的生活像是在饮窖藏多年的陈酿，浓而芳冽！对于他们，中年没有悲哀。

四十开始生活，不算晚，问题在"生活"二字如何诠释。如果年届不惑，再学习溜冰踢毽子放风筝，"偷闲学少年"，那自然有如秋行春令，有点勉强。半老徐娘，留着"刘海"，躲在茅房里穿高跟鞋当做踩高跷般的练习走路，那也是惨事。中年的妙趣，在于相当的认识人生，认识自己，从而做自己所能做的事，享受自己所能享受的生活。科班的童伶宜于唱全本的大武戏，中年的演员才能担得起大出的轴子戏，只因他到中年才能真懂得戏的内容。

送 行

  "黯然销魂者，别而已矣。"遥想古人送别，也是一种雅人深致。古时交通不便，一去不知多久，再见不知何年，所以南浦唱支骊歌，灞桥折条杨柳，甚至在阳关敬一杯酒，都有意味。李白的船刚要启碇，汪伦老远的在岸上踏歌而来，那幅情景真是历历如在目前。其妙处在于纯朴真挚，出之以潇洒自然。平夙莫逆于心，临别难分难舍。如果平常我看着你面目可憎，你觉得我语言无味，一旦远离，那是最好不过，只恨世界太小，惟恐将来又要碰头，何必送行？

  在现代人的生活里，送行是和拜寿送殡等等一样的成为应酬的礼节之一。“揪着公鸡尾巴”起个大早，迷迷糊糊的赶到车站码头，挤在乱哄哄人群里面，找到你的对象，扯几句淡话，好容易耗到汽笛一叫，然后鸟兽散，吐一口轻松气，噘着大嘴回家。这叫做周到。在被送的那一方面，觉得热闹，人缘好，没白混，而且体面，有这么多人舍不得我走，斜眼看着旁边的没人送的旅客，相形之下，尤其容易起一种优越之感，不禁精神抖擞，恨不得对每一个送行的人要握八次手，道十回谢。死人出殡，都讲究要有多少亲友执绋[1]，表示恋恋不舍，何况活人？行色不可不壮。

悄然而行似是不大舒服，如果别的旅客在你身旁耀武扬威的与送行的话别，那会增加旅中的寂寞。这种情形，中外皆然。Max Beerbohm[2]写过一篇《谈送行》，他说他在车站上遇见一位以演剧为业的老朋友在送一位女客，始而喁喁情话，俄而泪湿双颊，终

---

① 执绋，读音 zhífú，指送殡。

② Max Beerbohm（1872—1956），英国散文家。

乃汽笛一声，勉强抑止哽咽，向女郎频频挥手，目送良久而别。原来这位演员是在做戏，他并不认识那位女郎，他是属于"送行会"的一个职员。凡是旅客孤身在外而愿有人到站相送的，都可以到"送行会"去雇人来送。这位演员出身的人当然是送行的高手，他能放进感情，表演逼真。客人纳费无多，在精神上受惠不浅。尤其是美国旅客，用金钱在国外可以购买一切，如果"送行会"真的普遍设立起来，送行的人也不虞缺乏了。

送行既是人生中所不可少的一桩事，送行的技术也便不可不注意到。如果送行只限于到车站码头报到，握手而别，那么问题就简单，但是我们中国的一切礼节都把"吃"列为最重要的一个项目。一个朋友远别，生怕他饿着走，饯行是不可少的，恨不得把若干天的营养都一次囤积在他肚里。我想任何人都有这种经验，如有远行而消息外露（多半还是自己宣扬），他有理由期望着饯行的帖子纷至沓来，短期间家里可

以不必开伙。还有些思虑更周到的人，把食物携在手
上，亲自送到车上船上，好像是你在半路上会要挨饿
的样子。

我永远不能忘记最悲惨的一幕送行。一个严寒的
冬夜，车站上并不热闹，客人和送客的人大都在车厢
里取暖，但是在长得没有止境的月台上却有黑查查的
一堆送行的人，有的围着斗篷，有的戴着风帽，有的
脚尖在洋灰地上敲鼓似的乱动。我走近一看，全是熟
人，都是来送一位太太的。车快开了，不见她的踪影，
原来在这一晚她还有几处饯行的宴会。在最后的一分
钟，她来了。送行的人们觉得是在接一个人，不是在
送一个人，一见她来到大家都表示喜欢，所有惜别之
意都来不及表现了。她手上抱着一个孩子，吓得直哭，
另一只手扯着一个孩子，连跑带拖；她的头发蓬松着，
嘴里喷着热气，像是冬天载重的骡子；她顾不得和送
行的人周旋，三步两步的就跳上了车。这时候车已在
蠕动。送行的人大部分都手里提着一点东西，无法交

付，可巧我站在离车门最近的地方，大家把礼物都交给了我："请您偏劳给送上去罢！"我好像是一个圣诞老人，抱着一大堆礼物。我一个箭步蹿上了车，我来不及致辞，把东西往她身上一扔，回头就走。从车上跳下来的时候，打了几个转才立定脚跟。事后我接到她一封信，她说：

那些送行的都是谁？你丢给我那一堆东西，到底是谁送的？我在车上整了好半天，才把那堆东西聚拢起来打成一个大包袱。朋友们的盛情算是给我添了一件行李。我愿意知道哪一件东西是哪一位送的，你既是代表送上车的，你当然知道，盼速见告。

计开：水果三筐，泰康罐头四个，果露两瓶，蜜饯四盒，饼干四罐，豆腐乳四罐，蛋糕四盒，西点八盒，纸烟八听，信纸、信封一匣，丝袜两双，香水一瓶，烟灰碟一套，小钟一具，衣料两块，酱菜四篓，绣花拖鞋一双，大面包四个，咖啡一听，小宝剑两把……

这问题我无法答复，至今是个悬案。

我不愿送人，亦不愿人送我，对于自己真正舍不得离开的人，离别的那一刹那像是开刀。凡是开刀的场合照例是应该先用麻醉剂，使病人在迷蒙中度过那场痛苦，所以离别的苦痛最好避免。一个朋友说："你走，我不送你；你来，无论多大风多大雨，我要去接你。"我最赏识那种心情。

旅　行

　　我们中国人是最怕旅行的一个民族。闹饥荒的时候都不肯轻易逃荒，宁愿在家乡吃青草啃树皮吞观音土，生怕离乡背井之后，在旅行中流为饿莩，失掉最后的权益——寿终正寝。至于席丰履厚的人更不愿轻举妄动，墙上挂一张图画，看看就可以当"卧游"，所谓"一动不如一静"。说穿了，"太阳下没有新鲜事物"。号称山川形胜，还不是几堆石头一汪子水？我记得做小学生的时候，郊外踏青，是一桩心跳的事，多早就筹备，起个大早，排成队伍，擎着校旗，鼓乐前导，事后下星期还得作一篇《远足记》，才算功德圆满。旅行一次是如此的庄严！我的外祖母，一生住在杭州城内，八十多岁，没有逛过一次西湖，最后总算去了一次，但是自己不能行走，抬到了西湖，就没有再回来——葬在湖边山上。

古人云："一生能着几两屐？"这是劝人及时行乐，莫怕多费几双鞋。但是旅行果然是一桩乐事吗？其中是否含着有多少苦恼的成分呢？

出门要带行李，那一个几十斤重的五花大绑的铺盖卷儿便是旅行者的第一道难关。要捆得紧，要捆得俏，要四四方方，要见棱见角，与稀松露馅的大包袱要迥异其趣，这已经就不是一个手无缚鸡之力的人所能胜任的了。关卡上偏有好奇人要打开看看，看完之后便很难得再复原。"乘兴而来，兴尽而返"。很多人在打完铺盖卷儿之后就觉得游兴已尽了。在某些国度里，旅行是不需要携带铺盖的，好像凡是有床的地方就有被褥，有被褥的地方就有随时洗换的被单，——旅客可以无牵无挂，不必像蜗牛似的顶着安身的家伙走路。携带铺盖究竟还容易办得到，但是没听说过带着床旅行的，天下的床很少没有臭虫设备的。我很怀疑一个人于整夜输血之后，第二天还有多少精神游山逛水。我有一个朋友发明了一种服装，按着他的头躯四肢的尺寸做了一件天衣无缝的睡衣，人钻在睡衣里面，只留眼前两个窟窿，和外界完全隔绝，——只是那样子有些像是 KKK[①]，夜晚出来曾经几乎吓死一个人！

原始的交通工具，并不足为旅客之苦。我觉得"滑竿""架子车"都比飞机有趣。"御风而行，泠然善也"，那是神仙生涯。在尘世旅行，还是以脚能着地为原则。我们要看朵朵的白云，但并不想在云隙里钻出钻进；我们要"横看成岭侧成峰，远近高低各不同"，但并不想把世界缩小成假山石一般玩物似的来欣赏。我惋惜米尔顿所称述的中土有"挂帆之车"尚不曾坐过。

---

① KKK，指美国的三K党。

交通工具之原始不是病，病在于舟车之不易得，车夫舟子之不易缠，"衣帽自看"固不待言，还要提防青纱帐起。刘伶"死便埋我"，也不是准备横死。

　　旅行虽然夹杂着苦恼，究竟有很大的乐趣在。旅行是一种逃避，——逃避人间的丑恶。"大隐藏人海"，我们不是大隐，在人海里藏不住。岂但人海里安不得身，在家园也不容易遁迹。成年的圈在四合房里，不必仰屋就要兴叹；成年的看着家里的那一张脸，不必牛衣也要对泣。家里面所能看见的那一块青天，只有那么一大块。取之不尽用之不竭的清风明月，在家里都不能充分享受，要放风筝需要举着竹竿爬上房脊，要看日升月落需要左右邻居没有遮拦。走在街上，熙熙攘攘，磕头碰脑的不是人面兽，就是可怜虫。在这种情形之下，我们虽无勇气披发入山，至少为什么不带着一把牙刷捆起铺盖出去旅行几天呢？在旅行中，少不了风吹雨打，然后倦飞知还，觉得"在家千日好，出门一时难"，这样便可以把那不可容忍的家变成为暂时可以容忍的了。下次忍耐不住的时候，再出去旅行一次。如此的折腾几回，这一生也就差不多了。

旅行中没有不感觉枯寂的，枯寂也是一种趣味。哈兹利特（Hazlitt）① 主张在旅行时不要伴侣，因为，"如果你说路那边的一片豆田有股香味，你的伴侣也许闻不见。如果你指着远处的一件东西，你的伴侣也许是近视的，还得戴上眼镜看"。一个不合意的伴侣，当然是累赘。但是人是个奇怪的动物，人太多了嫌闹，没人陪着嫌闷；耳边嘈杂怕吵，整天咕嘟着嘴又怕口臭。旅行是享受清福的时候，但是也还想拉上个伴。只有神仙和野兽才受得住孤独。在社会里我们觉得面目可憎语言无味的人居多，避之唯恐或晚，在大自然里又觉得人与人之间是亲切的。到美国落基山上旅行过的人告诉我，在山上若是遇见另一个旅客，不分男女老幼，一律脱帽招呼，寒暄一两句。这是很有意味

---

① Hazlitt（1778—1830），英国散文家。

的一个习惯。大概只有在旷野里我们才容易感觉到人与人是属于一门一类的动物，平常我们太注意人与人的差别了。

　　真正理想的伴侣是不易得的，客厅里的好朋友不见得即是旅行的好伴侣。理想的伴侣须具备许多条件，不能太脏，如嵇叔夜"头面常一月十五日不洗，不太闷痒不能沐"，也不能有洁癖，什么东西都要用火酒揩；不能如泥塑木雕，如死鱼之不张嘴，也不能终日喋喋不休，整夜鼾声不已；不能油头滑脑，也不能蠢头呆脑。要有说有笑，有动有静，静时能一声不响的陪着你看行云、听夜雨，动时能在草地上打滚像一条活鱼！这样的伴侣哪里去找？

"旁若无人"

    在电影院里，我们大概都常遇到一种不愉快的经验。在你聚精会神的静坐着看电影的时候，会忽然觉得身下坐着的椅子颤动起来，动得很匀，不至于把你从座位里掀出去，动得很促，不至于把你颠摇入睡，颤动之快慢急徐，恰好令你觉得他讨厌。大概是轻微地震罢？左右探察震源，忽然又不颤动了。在你刚收起心来继续看电影的时候，颤动又来了。如果下决心寻找震源，不久就可以发现，毛病大概是出在附近的一位先生的大腿上。他的足尖踏在前排椅撑上，绷足了劲，利用腿筋的弹性，很优游的在那里发抖。

如果这拘挛性的动作是由于羊癫疯一类的病症的暴发，我们要原谅他，但是不像，他嘴里并不吐白沫。看样子也不像是神经衰弱，他的动作是能收能发的，时作时歇，指挥如意。若说他是有意使前后左右两排座客不得安生，却也不然。全是陌生人无仇无恨，我们站在被害人的立场上看，这种变态行为只有一种解释，那便是他的意志过于集中，忘记旁边还有别人，换言之，便是"旁若无人"的态度。

"旁若无人"的精神表现在日常行为上者不止一端。例如欠伸，原是常事，"气乏则欠，体倦则伸"。但是在稠人广众之中，张开血盆巨口，作吃人状，把口里的獠牙显露出来，再加上伸胳臂伸腿如演太极，那样子就不免吓人。有人打哈欠还带音乐的，其声呜呜然，如吹号角，如鸣警报，如猿啼，如鹤唳，音容并茂。《礼记》："侍坐于君子，君子欠伸，撰杖屦，视日蚤莫，侍坐者请出矣。"是欠伸合于古礼，但亦以"君子"为限，平民岂可援引！对人伸胳臂张嘴，纵不吓人，至少令人觉得你是在逐客，或是表示你自己不能管制你自己的肢体。

邻居有叟，平常不大回家，每次归来必令我闻知。清晨有三声喷嚏，不只是清脆，而且洪亮，中气充沛。根据那声音之响我揣测必有异物入鼻，或是有人插入纸捻，那声音撞击在脸盆之上有金石声！随后是大排场的漱口，真是排山倒海，犹如骨鲠在喉，又似苍蝇下咽。再随后是三餐的饱嗝，一串串的咯声，像是下水道不甚畅通的样子。可惜隔着墙没能看见他剔牙，否则那一份刮垢磨光的钻探工程，场面也不会太小。

这一切"旁若无人"的表演究竟是偶然突发事件，经常令人困恼的乃是高声谈话。在喊"救命"的时候，声音当然不嫌其大，除非是脖子被人踩在脚底下，但是普通的谈话似乎可以令人听见为度，而无需一定要力竭声嘶的去振聋发聩。生理学家告诉我们，发音的器官是很复杂的，说话一分钟要有九百个动作，有一百块筋肉在弛张；但是大多数人似乎还嫌不足，

恨不得嘴上再长一个扩大器。有个外国人疑心我们国
人的耳鼓生得异样，那层膜许是特别厚，非扯着脖子
喊不能听见，所以说话总是像打架。这批评有多少真
理，我不知道。不过我们国人会嚷的本领，是谁也不
能否认的。电影场里电灯初灭的时候，总有几声"嗳
哟，小三儿，你在哪儿哪？"在戏院里，演员像是演
哑剧，大锣大鼓之声依稀可闻，主要的声音是观众鼎
沸，令人感觉好像是置身蛙塘。在旅馆里，好像前后
左右都是庙会，不到夜深休想安眠，安眠之后难免没
有响皮底的大皮靴，毫无惭愧的在你门前踱来踱去。
天未大亮，又有各种市声前来侵扰。一个人大声说话，
是本能；小声说话，是文明。以动物而论，狮吼、狼嗥、
虎啸、驴鸣、犬吠，即是小如促织、蚯蚓，声音都不
算小，都不会像人似的有时候也会低声说话。大概文
明程度愈高，说话愈不以声大见长。群居的习惯愈久，
愈不容易存留"旁若无人"的幻觉。我们以农立国，
乡间地旷人稀，畎亩阡陌之间，低声说一句"早安"

是不济事的,必得扯长了脖子喊一声"你吃过饭啦?"可怪的是,在人烟稠密的所在,人的喉咙还是不能缩小。更可异的是,纸驴嗓、破锣嗓、喇叭嗓、公鸡嗓,并不被一般的认为是缺陷,而且麻衣相法还公然的说,声音洪亮者主贵!

叔本华有一段寓言:

一群豪猪在一个寒冷的冬天挤在一起取暖;但是他们的刺毛开始互相击刺,于是不得不分散开。可是寒冷又把他们驱在一起,于是同样的事故又发生了。最后,经过几番的聚散,他们发现最好是彼此保持相当的距离。同样的,群居的需要使得人形的豪猪聚在一起,只是他们本性中的带刺的令人不快的刺毛使得彼此厌恶。他们最后发现的使彼此可以相安的那个距离,便是那一套礼貌;凡违犯礼貌者便要受严词警告——用英语来说——请保持相当距离。用这方法,彼此取暖的需要只是相当的满足了；可是彼此可以不至互刺。自己有些暖气的人情愿走得远远的，既不刺人，又可不受人刺。

逃避不是办法。我们只是希望人形的豪猪时常的提醒自己：这世界上除了自己还有别人，人形的豪猪既不止我一个，最好是把自己的大大小小的刺毛收敛一下，不必像孔雀开屏似的把自己的刺毛都尽量的伸张。

诗 人

　　有人说："在历史里一个诗人似乎是神圣的，但
是一个诗人在隔壁便是个笑话。"这话不错。看看古
代诗人画像，一个个的都是宽衣博带，飘飘欲仙，好
像不食人间烟火的样子。《辋川图》里的人物，弈棋
饮酒，投壶流觞，一个个的都是儒冠羽衣，意态萧然。
我们只觉得摩诘当年，千古风流，而他在苦吟时堕入
醋瓮里的那副尴尬相，并没有人给他写画流传。我们
凭吊浣花溪畔的工部草堂，遥想杜陵野老典衣易酒、
卜居茅茨之状，吟哦沧浪，主管风骚，而他在耒阳狂
啖牛炙、白酒胀饫而死的景象，却不雅观。我们对于

死人，照例是隐恶扬善，何况是古代诗人，篇章遗传，好像是痰唾珠玑，纵然有些小小乖僻，自当加以美化，更可资为谈助。王摩诘堕入醋瓮，是他自己的醋瓮，不是我们家的水缸；杜工部旅中困顿，累的是耒阳知县，不是向我家叨扰。一般人读诗，犹如观剧，只是在前台欣赏，并无须侧身后台打听优伶身世，即使刺听得多少奇闻轶事，也只合作为梨园掌故而已。

假如一个诗人住在隔壁，便不同了。虽然几乎家家门口都写着"诗书继世长"，懂得诗的人并不多。如果我是一个名利中人，而隔壁住着一个诗人，他的大作永远不会给我看，我看了也必以为不值一文钱；他会给我以白眼，我看看他一定也不顺眼。诗人没有常光顾理发店的，他的头发作飞蓬状，作狮子狗状，作艺术家状。他如果是穿中装的，一定像是算命瞎子，两脚泥；他如果是穿西装的，一定是像卖毛毯子的白俄，一身灰。他游手好闲；他白昼做梦；他无病呻吟；他有时深居简出，闭门谢客；他有时终年流浪，到处为家；他哭笑无常；他饮食无度；他有时贫无立锥；他有时挥金似土。如果是个女诗人，她口里可以衔只大雪茄；如果是男的，他向各形各色的女人去膜拜。他喜欢烟、酒、小孩、花草、小动物——他看见一只老鼠可以作一首诗；他在胸口上摸出一只虱子也会作成一首诗。他的生活习惯有许多与人不同的地方。有一个人告诉我，他曾和一个诗人比邻。有一次同出远游，诗人未带牙刷，据云留在家里为太太使用。问之曰："你们原来共用一把么？"诗人大惊曰："难道你们是各用一把么？"

诗人住在隔壁，是个怪物，走在街上尤易引起误会。伯朗宁有一首诗《当代人对诗人的观感》，描写一个西班牙的诗人性好观察社会人生，以致被人误认为是一个特务。这是何等的讥讽！他穿的是一身破旧的黑衣服，手杖敲着地，后面跟着一条秃瞎老狗，看着鞋匠修理皮鞋，看人切柠檬片放在饮料里，看焙咖啡的火盆，用半只眼睛看书摊，谁虐打牲畜谁咒骂女人都逃不了他的注意——所以他大概是个特务，把观察所得呈报国王。看他那个模样儿，上了点年纪，那两道眉毛，亏他的眼睛在下面住着！鼻子的形状和颜色都像魔爪。某甲遇难，某乙失踪，某丙得到他的情妇——还不都是他干下的事？他费这样大的心机，也不知得多少报酬。大家都说他回家用晚膳的时候，灯火辉煌，墙上挂着四张名画，二十名裸体女人给他捧盘换盏。其实，这可怜的人过的乃是另一种生活。他就住在桥边第三家，新油刷的一幢房子，全街的人都可以看见他交叉着腿，把脚放在狗背上，和他的女仆在打纸牌，吃的是酪饼水果，十点钟就上床睡了。他死的时候还穿着那件破大衣，没膝的泥，吃的是面包壳，脏得像一条熏鱼！

　　这位西班牙的诗人还算是幸运的，被人当作特务。在另一个国度里，这样一个形迹可疑的诗人可能成为特务的对象。

　　变戏法的总要念几句咒，故弄玄虚，增加他的神秘。诗人也不免几分江湖气，不是谪仙，就是鬼才，再不就是梦笔生花，总有几分阴阳怪气。外国诗人更厉害，作诗时能直接的祷求神助，好像是仙灵附体的样子。

> 一颗沙里看出一个世界，
> 一朵野花里看出一个天堂。
> 把无限抓在你的手掌里，
> 把永恒放进一刹那的时光。

若是没有一点慧根的人，能说出这样的鬼话么？你不懂？你是蠢才！你说你懂，你便可跻身于风雅之林。你究竟懂不懂，天知道。

大概每个人都曾经有过做诗人的一段经验。在"怨黄莺儿作对，怪粉蝶儿成双"的时节，看花谢也心惊，听猫叫也难过，诗就会来了，如枝头舒叶那么自然。但是入世稍深，渐渐煎熬成为一颗"煮硬了的蛋”，散文从门口进来，诗从窗户出去了。"嘴唇在不能亲吻的时候才肯唱歌"。一个人如果达到相当年龄，还不失赤子之心，经风吹雨打，方寸间还能诗意盎然，他是得天独厚，他是诗人。

诗不能卖钱。一首新诗，如拈断数根须即能脱稿，那成本还是轻的；怕的是像牡蛎肚里的一颗明珠，那本是一块病，经过多久的滋润涵养才能磨炼孕育成功，写出来到哪里去找顾主？诗不能给富人客厅里摆设作装潢，诗不能给广大的读者以娱乐。富人要的是字画珍玩，大众要的是小说戏剧。诗，短短一橛，充篇幅都不中用。诗是这样无用的东西，所以以诗为业的诗人，如果住在你的隔壁，自然是个笑话，将来在历史上能否就成为神圣，也很渺茫。

汽 车

在大雨中，我在路边踉跄而行。路的泥泞，像一只大墨盒，坑洼处形成一片断续的小沼。忽闻汽车声，迎面而来，路上行人顿时起了骚动，纷纷的逃避，有的落荒而走，有的蹲在伞后作隐身于防御工事状。汽车过处，只听得訇然一声，泥浆四溅，腿脚慢一点的行人有的变成满脸花，有的浑身洒金，哭笑不得。这时候汽车里面坐着的士女懵然罔觉，怡然自若，士曰"雨景如绘"，女曰"凉意袭人"，风驰电掣而去，只留下受难的行人在那里怔愕、诅咒。我回想起法国大革命的前夕，巴黎贵族们的高轩驷马，在街上也是横行直撞，也是把水坑里的泥浆泼溅在行人身上，行人脸上也冒着怒火。

汽车是最明显的阶级标识之一。如果去拜访一位贵友或是场面较大的机关，而你是坐着汽车去的，到门无须下车敲门投刺那一套手续，只消汽车夫呜呜的揿两声喇叭，便像是《天方夜谭》里盗窟的魔术一般，两扇大门暑然而开，一个穿制服的阍人在门旁拱立，春风满面，一头不穿制服的獒犬在另一边立着，尾巴摇动，满面春风，汽车长驱直入。但如果你是人力车的乘客，甚而是安步当车者流，于按门铃之后要鹄立许久，然后大门上开一小洞，里面露出两只眼睛，向你上下扫射，用喝口令的腔调问你找谁，同时獒犬大吠，大门一扇略开小缝，阍者堵着门缝向你盘查。如果应对得体，也许放你进去，也许还要在门外鹄立，等他去报告他也不知是否在家的主人。在许多人的眼里，人分两种：一种是坐汽车的人，一种是没得汽车坐的人。至于汽车是怎样来的，租的、买的、公家的、接收的，也没有关系。汽车的样式也没有关系，四方矗耸的高轩也行，摇几十下才能开动的也行，水缸随时开锅冒热气的也行，只要是个能走动的汽车，就能保证车里面的人受到人的待遇。

从宴会出来也往往不能避免一幕悲剧，兴阑人散，主人送客，门口一大串的汽车一个个的把客人接走。这时节你若是无车阶级的，便只好门前伫立，乘人不注意的时候拔步便溜，但是为顾全性命起见，又不能不瞻前顾后的逡巡、徘徊。好心肠的主人一眼瞥见，绝对不准你步行归家，你说想散步也不行，你说想踏月色也不行，非要仆人喊人力车不可。仆人跑到胡同口大喊："洋车！洋车！"声调凄绝，你和主人冷清清的立在门口，要说的话早已说完，该握的手早已握过，灯光惨淡，夜色阑珊，相对无言。有些更体贴的主人老早就替你安排，打听路线，求人顺便把你载回家去。这固然可以省却一番受窘，但是除了一饭之恩以外，又无端的加上了一回车送之恩！而且在车里你还不能咕嘟着嘴，须要强作欢颜，没话找话。

冯骧弹铗而歌，于食有鱼之后，就叹出无车，颇有见地，不是无病呻吟。想冯骧当时，必定饱受无车之苦。

世间最艳羡汽车者，当无过于某一些个女人。浓妆淡抹之后，风摆荷叶，摇曳生姿，而犹能昂然阔步一去二三里者，实在少见，所以古宜乘以油壁香车，今宜乘以汽车。精雕细塑的造像，自然应该衬上红木架座。我知道许多女人把汽车设备列为择偶的基本条件之一，此种设备究能保持多久固不敢必，总以眼前具备此种条件为原则。汽车本身的便利自不消说，由汽车而附带发生的许多花样可以决定整个的生活方式。对于她们，婚姻减去汽车而还能相当美满是不可能的。为了汽车而牺牲其他的条件，也是值得的交易。汽车代表许多东西，优裕、娱乐、虚荣的满足，人们的青睐、殷勤，都会随以俱来。至于婚姻的对方究竟是怎样的一块材料，那是次要的事。一个丈夫顶

多重到二百磅，一辆汽车可以重到一吨，小疵大醇，
轻重若判。

外国一位小说家新出一部作品，许多读者求他在
作品上亲笔签署以为光宠，其中有一个读者不仅拿
这一部新作品，而且把他过去的作品也都拿来请他
签署。这个读者说他的妻子很喜欢他的作品，最近是
她的生日，他想拿这一堆她所喜欢的作品作为生日
礼物。小说家很是得意，欣然承诺之余，说："你想
出其不意的给她一惊，是不是？""是的，她一定会
大吃一惊，她原是希望生日那天能得一辆雪佛兰！"
这是美国杂志上的一个小故事。在号称平均五人有
一辆汽车的美国，也还有想得汽车而不可得的妻子，
何况是在洋车、三轮车满街跑的国度里？

一队骆驼挂着铜铃，驮着煤袋，从城墙旁边由一
个棉衣臃肿的乡下人牵着走过，那个侧影可以成为一
幅很美妙的摄影题材，悬在外国人客厅里显着很朴雅
可爱。外国人到中国来，喜欢坐人力车，跷起一条长

腿拿着一根小杖敲着车夫的头指示他转弯，外国人喜欢看"骆驼祥子"，外国人喜欢给洋车夫照像。可是我们不愿保存这样的国粹，我们也要汽车载货，我们也要汽车代步。我们不要老牛破车，我们要舒适速度，汽车应该成为日用品。可是有一样，如果汽车几十年内还不能成为大众的日用品，只是给少数人利用享受，作为大众的诅咒的对象，这时节汽车便是有一点"不合国情"。

讲 价

　　韩康采药名山，卖于长安市，三十余年，口不二价。这并不是说三十余年物价没有波动，这是说他三十余年没有讲过一次谎。就凭这一点怪脾气，他的大名便入了《后汉书》的《逸民列传》。这并不证明买卖东西无需讲价是我们古已有之的固有道德，这只是证明自古以来买卖东西就得要价还价，出了一位韩康，便是人瑞，便可以名垂青史了。韩康不但在历史上留下了佳话，在当时也是颇为著名的。一个女子向他买药，他守价不移，硬是没得少。女子大怒，说："难道你是韩康，一个钱没得少？"韩康本欲避名，现在小女子都知道他的大名，吓得披发入山。卖东西不讲价，自古以来是多么难得！我们还不要忘记韩康"家世著姓"，本不是商人，如果是个"逐什一之利"的，有机会能得什二什三时岂不更妙？

从前有些店铺讲究货真价实，"言不二价""童叟无欺"的金字招牌偶然还可以很骄傲的悬挂起来，不必大减价雇吹鼓手，主顾自然上门。这种事似乎渐渐少了。童叟根本也不见得好欺侮，而且买卖大半是流动的，无所谓主顾，不讲价还是不过瘾，不七折八扣显着买卖不和气，交易一成买者就又会觉得上当。在尔虞我诈的情形之下，讲价便成为交易的必经阶段，反正是"漫天要价，就地还钱"，看看谁有本事谁讨便宜。

我买东西很少的时候能不比别人的贵。世界上有一种人，喜欢到人家里面调查物价，看看你家里有什么东西都要打听一下是用什么价钱买的，除非你在每一事物上都粘上一个纸签标明价格，否则将不胜其啰唾。最扫兴的是，我已经把真的价钱瞒起，自欺欺人的只说了一半的价钱来搪塞他，他有时还会把头摇得像个拨浪鼓似的，表示你上了弥天的大当！我承认，有些人是特别的善于讲价，他有政治家的脸皮，外交家的嘴巴，杀人的胆量，钓鱼的耐心，坚如铁石，韧似牛皮，所以他能压倒那待价而沽的商人。我尝虚心请教，大概归纳起来讲价的艺术不外下列诸端：

第一，要不动声色。进得店来，看准了他没有什么你就要什么，使得他显得寒伧，先有几分惭愧，然后无精打采的道出你所真心要买的东西。伙计于气馁之余，自然欢天喜地的捧出他的货色，价钱根本不会太高。如果偶然发现一项心爱的东西，也不可失声大叫，如获异宝，必要行若无事，淡然处之，于打听许多种物价之后，随意问询及之，否则你打草惊蛇，他便奇货可居了。

第二，要无情的批评。甘瓜苦蒂，天下物无全美。你把货物捧在手里，不忙鉴赏，先求其疵缪之所在，不厌其详的批评一番，尽量的道出它的缺点。有些物事，本是无懈可击的，但是"嗜好不能争辩"，你这东西是红的，我偏喜欢白的，你这东西是大的，我偏喜欢小的。总之，是要把东西褒贬得一文不值缺点百出，这时候伙计的脸上也许要一块红一块白的不大好看，但是他的心里软了，价钱上自然有了商量的余地，我在委曲迁就的情形之下来买东西，你在价钱上还能不让步么？

第三，要狠心还价。先假设，自从韩康入山之后每个商人都是说谎的。不管价钱多高，拦腰一砍。这需要一点胆量，狠得下心，说得出口，要准备看一副嘴脸。人的脸是最容易变的，用不了加多少钱，那副愁云惨雾的苦脸立刻开霁，露出一缕春风。但这是最紧要的时候，这是耐心的比赛，谁性急谁失败，他一文一文的减，你就一文一文的加。

第四，要有反顾的勇气。交易实在不成，只好掉头而去，也许走不了多远，他会请你回来，如果他不请你回来，你自己要有回来的勇气，不能负气，不能讲究"义不反顾，计不旋踵"。讲价到了这个地步，也就山穷水尽了。

这一套讲价的秘诀，知易行难，所以我始终未能运用。我怕费功夫，我怕伤和气，如果我粗脖子红脸，我身体受伤，如果他粗脖子红脸，我精神上难过。我聊以解嘲的方法是记起郑板桥爱写的那四个大字："难得糊涂"。

《淮南子》明明的记载着"东方有君子之国"，但是我在地图上却找不到。《山海经》里也记载着"君子国衣冠带剑，其人好让不争"，但只有《镜花缘》给君子国透露了一点消息。买物的人说："老兄如此高货，却讨恁般贱价，教小弟买去，如何能安？务求将价加增，方好遵教。若再过谦，那是有意不肯赏光交易了。"卖物的人说："既承照顾，敢不仰体？但适才妄讨大价，已觉厚颜，不意老兄反说货高价贱，岂不更教小弟惭愧？况敝货并非'言无二价'，其中颇有虚头。"照这样讲来，君子国交易并非言无二价，也还是要讲价的，也并非不争，也还有要费口舌唾液的。什么样的国家才能买东西不讲价呢？我想与其讲价而为对方争利，不如讲价而为自己争利，比较的合于人类本能。

有人传授给我在街头雇车的秘诀：街头孤零零的一辆车，车夫红光满面鼓腹而游的样子，切莫睬他；如果三五成群鸠形鹄面，你一声吆喝便会蜂拥而来，竞相延揽，车价会特别低廉。在这里我们发现人性的一面——残忍。

猪

　　猪没有什么模样儿，笨拙臃肿，漆黑一团，四川猪是白的，但是也并不俊俏，像是遍体白癫疯，像是"天佬儿"，好像还没有黑色来得比较可以遮丑。俗话说："三年不见女人，看见一只老母猪，也觉得它眉清目秀。"一般人似尚不至如此，老母猪离眉清目秀的境界似乎尚远。只看看它那个嘴巴，尽管有些近于帝王之相，究竟占面部面积过多，作为武器固未尝不可，作为五官之一就嫌不称。它那两扇鼓动生风的耳轮，细细的两根脚杆，辫子似的一条尾巴，陷在肉坑里的一对小眼和那快擦着地的膨亨大腹，相形之下，全不成比例。当然，如果它能竖起来行走，大腹便便也并不妨事，脑满肠肥的一副相说不定还许能赢得许多人的尊敬，脸上的肉叠成褶，也许还能讨若干人的欢喜。可惜它只能四脚着地，辜负了那一身肉，只好谥之曰"猪猡"。

任何事物不可以貌相，并且相貌的丑俊也不是自己所能主宰的。上天造物是有那么多的变化，有蠢的，有俏的。可恼的是猪儿除了那不招人爱的模样之外，它的举止动作也全没有一点风度。它好睡，睡无睡相。人讲究"坐如钟，睡如弓"，猪不足以语此。它睡起来是四脚直挺，倒头便睡，而且很快的就鼾声雷动，那鼾声是肮脏噜苏的，很少悦耳的成分。一经睡着，天大的事休想能惊醒它，打它一棒它能翻过身再睡，除非是一桶猪食哗喇一声倒在食槽里。这时节它会连爬带滚的争先恐后的奔向食槽，随吃随挤，随咽随呃，嚼菜根则戛戛作响，吸豆渣则呼呼有声，吃得嘴脸狼藉，可以说没有一点"新生活"。动物的叫声无论是哀也好，凶也好，没有像猪叫那样讨厌的，平常没有事的时候，只会在嗓子眼儿里呶呶嚅嚅，没有一点痛快，等到大限将至被人揪住耳朵提着尾巴的时候，便放声大叫，既不惹人怜，更不使人怕，只是使人听了刺耳。它走路的时候，踯躅蹒跚，活泼的时候，盲目的乱窜，没有一点规矩。

虽然如此，猪的人缘还是很好。我在乡间居住的时候，女佣不断的要求养猪。她常年茹素，并不希冀吃肉，更不希冀赚钱，她只是觉得家里没有几只猪儿便不像是个家，虽然有了猫、狗和孩子，还是不够。我终于买了两只小猪。她立刻眉开眼笑，于抚抱之余给了小猪我所梦想不到的一个字的评语曰："乖！"孟子曰："食而弗爱，豕交之也；爱而不敬，兽畜之也。"我看我们的女佣在喂猪的时候是兼爱敬而有之。她根据"食不厌精，脍不厌细"的道理，对于猪食是细切久煮、敬谨用事的，一日三餐，从不误时，伺候猪食之后倒是没有忘记过给主人做饭。天朗气清、惠风和畅的时候，她坐在屋檐下补袜子，一对小猪伏在她的腿上打瞌睡。等到"架子"长成"催肥"的时候来到，她加倍努力的供应，像灌溉一株花草一般的小心翼翼。它越努力加餐，她越心里欢喜，她俯在圈栏上看着猪儿进膳，没有偏疼，没有愠意，一片慈祥。有一天，猪儿高卧不起，见了食物也无动于心，似有违和之意，她急得烧香焚纸，再进一步就是在猪耳根上放一点血，烧红一块铁在猪脚上烙一下，最后一着是一服万金油拌生鸡蛋。年关将届，她噙着眼泪烧一大锅开水，给猪洗第一次也是最后一次的热水澡。猪圈不能空着，紧接着下一代又继承了上来。

看猪的一生，好像很是无聊，大半时间都是被关在圈里，如待决之囚，足迹不出栅门，也不能接见亲属，而且很早的就被阉割，大欲就先去了一半，浑浑噩噩的度过一生，临了还不免冰凉的一刀。但是它也有它的庸福。它不用愁吃，到时候只消饭来张口，它不用劳力，它有的是闲暇。除了它最后不得善终好像是不无遗憾以外，一生的经过比起任何养尊处优的高级动物也并无愧色。"闻其声不忍食其肉"，是君子，但是我常以为猪叫的声音不容易动人的不忍之心。有一个时期，我的居处与屠场为邻，黎明就被惊醒，其鸣也不哀，随后是血流如注的声音，叫声顿止，继之以一声叹气，最后的一口气，再听便只有屋檐滴雨一般的沥血的声音，滴滴答答的落在桶里。我觉得猪经过这番洗礼，将超升成为一种有用的东西，无负于豢养它的人，是一件公道而可喜的事。

仓颉造字，天雨粟，鬼夜哭，虽是神话，也颇有一点意思。"家"字是屋子底下一口猪。屋子底下一个人，岂不简捷了当？难道猪才是家里主要的一员？有人说豕居引申而为人居，有人引《曲礼》"问庶人之富，数畜以对"之义，以为豕是主要的家畜。我养过几年猪之后，顿有所悟。猪在圈里的工作，主要的是"吃、喝、拉、撒、睡"，此外便没有什么。圈里是脏的，顶好的卫生设备也会弄得一塌糊涂。吃了睡，睡了吃，毫无顾忌，便当无比。这不活像一个家么？在什么地方"吃喝拉撒睡"比在家里更方便？人在家里的生活比在什么地方更像一只猪？仓颉泄露天机倒未必然，他洞彻人生，却是真的，怪不得天雨粟、鬼夜哭。

理　发

　　理发不是一件愉快事。让牙医拔过牙的人，望见理发的那张椅子就会忧忧不安，两种椅子很有点相像。我们并不希望理发店的椅子都是檀木螺钿，或是路易十四式，但至少不应该那样的丑，方不方圆不圆的，死橛橛硬邦邦的，使你感觉到坐上去就要受人割宰的样子。门口担挑的剃头挑儿，更吓人，竖着的一根小小的旗杆，那原是为挂人头的。

　　但是理发是一种必不可免的麻烦。"君子整其衣冠，尊其瞻视，何必蓬头垢面，然后为贤？"理发亦是观瞻所系。印度锡克族，向来是不剪发不剃须的，那是"受诸父母，不敢毁伤"的意思，所以一个个的都是满头满脸毛氄氄的，滔滔皆是，不以为怪。在我们的社会里就不行了，如果你蓬松着头发，就会有人疑心你是在丁忧，或是才从监狱里出来。髭须是更讨厌的东西，如果蓄留起来，七根朝上八根朝下都没有关系，嘴上有毛受人尊敬，如果刮得光光的露出一块青皮，也行，也受人尊敬，惟独不长不短的三两分长的髭须，如鬃鬣，如刺猬，如刈后的稻秆，看起来令人不敢亲近。鲁智深"腮边新剃，暴长短须，戗戗的好惨濑人"，所以人先有五分怕他。钟馗须髯如戟，是一副啖鬼之相。我们既不想吓人，又不欲啖鬼，而且不敢不以君子自勉，如何能不常到理发店去？

理发匠并没有令人应该不敬重的地方，和刽子手屠户同样的是一种为人群服务的职业，而且理发匠特别显得高尚，那一身西装便可以说是高等华人的标识。如果你交一个刽子手朋友，他一见到你就会相度你的脖颈，何处下刀相宜，这是他的职业使然。理发匠俟你坐定之后，便伸胳臂挽袖相度你那一脑袋的毛发，对于毛发所依附的人并无兴趣。一块白绸布往你身上一罩，不见得是新洗的，往往是斑斑点点的如虎皮宣。随后是一根布条在咽喉处一勒。当然不会致命，不过箍得也就够紧，如果是自己的颈子大概舍不得用那样大的力。头发是以剪为原则，但是附带着生薅硬拔的却也不免，最适当的抗议是对着那面镜子狞眉皱眼的做个鬼脸，而且希望他能看见。人的头生在颈上，本来是可以相当的旋转自如的，但是也有几个角度是不大方便的。理发匠似乎不大顾虑到这一点，他总觉得你的脑袋的姿势不对，把你的头扳过来扭过去，以求适合他的刀剪。我疑心理发匠许都是孔武有力的，不然腕臂间怎有那样大的力气？

椅子前面竖起一面大镜子是颇有道理的，倒不是为了可以顾影自怜，其妙在可以知道理发匠是在怎样收拾你的脑袋，人对于自己的脑袋没有不关心的。戴眼镜的朋友摘下眼镜，一片模糊，所见亦属有限，尤其是在刀剪晃动之际，呆坐如僵尸，轻易不敢动弹，对于左右坐着的邻客无从瞻仰，是一憾事。左边客人在挺着身子刮脸，声如割草，你以为必是一个大汉，其实未必然，也许是个女客；右边客人在喷香水擦雪花，你以为必是佳丽，其实亦未必然，也许是个男子。所以不看也罢，看了怪不舒服。最好是废然枯坐。

其中比较最愉快的一段经验是洗头。浓厚的肥皂汁滴在头上，如醍醐灌顶，用十指在头上搔抓，虽然不是麻姑，却也手似鸟爪。令人着急的是头皮已然搔得清痛，而东南角上一块最痒的地方始终不曾搔到。用水冲洗的时候，难免不泛滥入耳，但念平夙盥洗大概是以脸上本部为限，边远陬隅辄弗能届，如今痛加涤荡，亦是难得的盛举。电器吹风，却不好受，时而凉风习习，时而夹上一股热流，热不可当，好像是一种刑罚。

最令人难堪的是刮脸。一把大刀锋利无比，在你的喉头上、眼皮上、耳边上滑来滑去，你只能瞑目屏息，捏一把汗。Robert Lynd① 写过一篇《关于刮脸》的讲道，他说：

> 当剃刀触到我的脸上，我不免有这样的念头："假使理发匠忽然疯狂了呢？"很幸运的，理发匠从未发疯狂过，但我遭遇过别种差不多的危险。例如，有一个矮小的法国理发匠在雷雨中给我刮脸，电光一闪，他就跳得老高。还有一个喝醉了的理发匠，举着剃刀找我的脸，像个醉汉的样子伸手去一摸却扑了个空。最后把剃刀落在我的脸上了，他却靠在那里镇定一下，靠得太重了些，居然把我的下颊右方刮下了一块胡须，刀还在我的皮上，我连抗议一声都不敢。就是小声说一句，我觉得，都会使他丧胆而失去平衡，我的颈静脉也许要在他不知不觉间被他割断。后来剃刀暂时离开我的脸了，大概就是法国人所谓

① Robert Lynd（1879—1949），北爱尔兰散文家。通译为罗伯特·林德。

Reculer pour mieux sauter（退回去以便再向前扑），我趁势立刻用梦魇的声音叫起来："别刮了，别刮了，够了，谢谢你。"……

这样的怕人的经验并不多有。不过任何人都要心悸，如果在刮脸时想起相声里的那段笑话，据说理发匠学徒的时候是用一个带茸毛的冬瓜来做试验的，有事走开的时候便把刀向瓜上一剁，后来出师服务，常常错认人头仍是那个冬瓜。刮脸的危险还在其次，最可恶的是他在刮后用手毫无忌惮的在你脸上摸，摸完之后你还得给他钱！

鸟

我爱鸟。

从前我常见提笼架鸟的人，清早在街上溜达（现在这样有闲的人少了）。我感觉兴味的不是那人的悠闲，却是那鸟的苦闷。胳膊上架着的鹰，有时头上蒙着一块皮子，羽翮不整的蜷伏着不动，哪里有半点瞵视昂藏①的神气？笼子里的鸟更不用说，常年的关在栅栏里，饮啄倒是方便，冬天还有遮风的棉罩，十分的"优待"，但是如果想要"抟扶摇而直上"，便要撞

---

① 瞵视昂藏：指昂首挺胸目光清澈，非常有精神的样子。

头碰壁。鸟到了这种地步，我想它的苦闷，大概是仅次于黏在胶纸上的苍蝇，它的快乐，大概是仅优于在标本室里住着罢？

我开始欣赏鸟是在四川。黎明时，窗外是一片鸟啭，不是吱吱喳喳的麻雀，不是呱呱噪啼的乌鸦，那一片声音是清脆的，是嘹亮的，有的一声长叫，包括着六七个音阶，有的只是一个声音，圆润而不觉其单调，有时是独奏，有时是合唱，简直是一派和谐的交响乐。不知有多少个春天的早晨，这样的鸟声把我从梦境唤起。等到旭日高升，市声鼎沸，鸟就沉默了，不知到哪里去了。一直等到夜晚，才又听到杜鹃叫，由远叫到近，由近叫到远，一声急似一声，竟是凄绝的哀乐。客夜闻此，说不出的酸楚！

在白昼，听不到鸟鸣，但是看得见鸟的形体。世界上的生物，没有比鸟更俊俏的。多少样不知名的小鸟，在枝头跳跃，有的曳着长长的尾巴，有的翘着尖尖的长喙，有的是胸襟上带着一块照眼的颜色，有的是飞起来的时候才闪露一下斑斓的花彩。几乎没有例外的，鸟的身躯都是玲珑饱满的，细瘦而不干瘪，丰腴而不臃肿，真是减一分则太瘦，增一分则太肥那样的秾纤合度，跳荡得那样轻灵，脚上像是有弹簧。看它高踞枝头，临风顾盼——好锐利的喜悦刺上我的心头。不知是什么东西惊动它了，它倏的振翅飞去，它不回顾，它不悲哀，它像虹似的一下就消逝了，它留下的是无限的迷惘。有时候稻田里伫立着一只白鹭，拳着一条腿，缩着颈子，有时候"一行白鹭上青天"，背后还衬着黛青的山色和釉绿的梯田。就是抓小鸡的鸢鹰，啾啾的叫着，在天空盘旋，也有令人喜悦的一种雄姿。

我爱鸟的声音、鸟的形体，这爱好是很单纯的，我对鸟并不存任何幻想。有人初闻杜鹃，兴奋得一夜不能睡，一时想到"杜宇""望帝"，一时又想到啼血，想到客愁，觉得有无限诗意。我曾告诉他事实上全不是这样的。杜鹃原是很健壮的一种鸟，比一般的鸟魁梧得多，扁嘴大口，并不特别美，而且自己不知构巢，依仗体壮力大，硬把卵下在别个的巢里，如果巢里已有了够多的卵，便不客气的给挤落下去，孵育的责任由别个代负了，孵出来之后，羽毛渐丰，就可把巢据为己有。那人听了我的话之后，对于这豪横无情的鸟，再也不能幻出什么诗意来了。我想济慈的《夜莺》、雪莱的《云雀》，还不都是诗人自我的幻想，与鸟何干？

　　鸟并不永久的给人喜悦，有时也给人悲苦。诗人哈代在一首诗里说，他在圣诞的前夕，炉里燃着熊熊的火，满室生春，桌上摆着丰盛的筵席，准备着过一个普天同庆的夜晚，蓦然看见在窗外一片美丽的雪景当中，有一只小鸟踯躅缩缩的在寒枝的梢头踞立，正在啄食一颗残余的僵冻的果儿，禁不住那料峭的寒风，栽倒在地上死了，滚成一个雪团！诗人感谓曰："鸟！你连这一个快乐的夜晚都不给我！"我也有过一次类似的经验，在东北的一间双重玻璃窗的屋里，忽然看见枝头有一只麻雀，战栗的跳动抖擞着，在啄食一块干枯的叶子。但是我发见那麻雀的羽毛特别的长，而且是蓬松戟张着的：像是披着一件蓑衣，立刻使人联想到那垃圾堆上的大群褴褛而臃肿的人，那形容是一模一样的。那孤苦伶仃的麻雀，也就不暇令人哀了。

自从离开四川以后，不再容易看见那样多型类的鸟的跳荡，也不再容易听到那样悦耳的鸟鸣。只是清早遇到烟突冒烟的时候，一群麻雀挤在檐下的烟突旁边取暖，隔着窗纸有时还能看见伏在窗棂上的雀儿的映影。喜鹊不知逃到哪里去了。带哨子的鸽子也很少看见在天空打旋。黄昏时偶尔还听见寒鸦在古木上鼓噪，入夜也还能听见那像哭又像笑的鸱枭的怪叫。再令人触目的就是那些偶然一见的囚在笼里的小鸟儿了，但是我不忍看。

乞 丐

　　在我住的这一个古老的城里，乞丐这一种光荣的职业似乎也式微了。从前街头巷尾总点缀着一群三分像人七分像鬼的家伙，缩头缩脑的挤在人家房檐底下晒太阳，捉虱子，打瞌睡，啜冷粥，偶尔也有些个能挺起腰板，露出笑容，老远的就打躬请安，满嘴的吉祥话，追着洋车能跑上一里半里，喘的像只风箱。还有些扯着哑嗓穿行街巷大声的哀号，像是担贩的吆喝。这些人现在都到哪里去了？

　　据说，残羹剩饭的来源现在不甚畅了，大概是剩下来的鸡毛蒜皮和一些汤汤水水的东西都被留着自己度命了，家里的一个大坑还填不满，怎能把余沥去滋润别人！一个人单靠喝西北风是维持不了多久的。追车乞讨么？车子都渐渐现代化，在沥青路上风驰电掣，飞毛腿也追不上。汽车停住，砰的一声，只见一套新衣服走了出来。若是一个乞丐赶上前去，伸出胳臂，手心朝上，他能得到什么？给他一张大票，他找得开么？沿街托钵，呼天抢地也没有用。人都穷了，心都硬了，耳都聋了，偌大的城市已经养不起这种近于奢侈的职业。不过，乞丐尚未绝种，在靠近城根的大垃圾山上，还有不少同志在那里发掘宝藏，埋头苦干，手脚并用，一片喧阗。他们并不扰乱治安，也不侵犯产权，但是，说老实话，这群乞丐，无益税收，有碍市容，所以难免不像捕捉野犬那样的被捉了去。饿死的饿死，老成凋谢，继起无人，于是乞丐一业逐渐衰微。

在乞丐的艺术还很发达的时候，有一个乞讨的妇人给我很深的印象。她的巡回的区域是在我们学校左边。她很知道争取青年，专以学生为对象。她看见一个学生远远的过来，她便在路旁立定，等到走近，便大喊一声"敬礼"，举手、注视，一切如仪。她不喊"爷爷""奶奶"，她喊"校长"，她大概知道新的升官图上的晋升的层次。随后是她的申诉，其中主要的一点是她的一个老母，年纪是八十。她继续乞讨了五六年，老母还是八十。她很机警，她追随几步之后，若是觉得话不投机，她的申诉便戛然而止，不像某些文章那样噜苏。她若是得到一个铜板，她的申诉也戛然而止，像是先生听到下课铃声一般。这个人如果还活着，我相信她一定能编出更合时代潮流的一套新词。

我说乞丐是一种光荣的职业，并不含有鼓励懒惰的意思。乞丐并不是不劳而获的人，你看他晒得鳌黑干瘦，跑得上气不接下气，何曾安逸。而且他取不伤廉，勉强维持他的灵魂与肉体不至涣散而已。他的乞食的手段不外两种：一种是引人怜，一是讨人厌。他满口"祖宗""奶奶"的乱叫，听者一旦发生错觉，自己的孝子贤孙居然沦落到这地步，恻隐之心就会油然而起。他若是背有瞎眼的老妈在你背后亦步亦趋，或是把畸形的腿露出来给你看，或是带着一窝的孩子环绕着你叫唤，或是在一块硬砖上稽颡①在额上撞出一个大包，或是用一根草棍支着那有眼无珠的眼皮，或是像一个"人彘"似的就地擦着，或者申说遭遇，比"舍弟江南死，家兄塞北亡"还要来得凄怆，那么你那磨得帮硬的心肠也许要露出一丝的怜悯。怜悯不能动人，他还有一套讨厌的办法。他满脸的鼻涕眼泪，你越厌烦，他挨得越近，看看随时都会贴上去的样子，这时你便会情愿出钱打发他走开，像捐款做一桩卫生事业一般。不管是引人怜或是讨人厌，不过只是略施狡狯，无伤大雅。他不会伤人，他不会犯法；从没有一个人想伤害一个乞丐，他的那一把骨头，不足以当尊臂，从没有一种法律要惩治乞丐，乞丐不肯触犯任

---

① 稽颡，读 qǐsǎng，古代一种跪拜礼，屈膝下拜，以额触地。

何法律所以才成为乞丐。乞丐对社会无益，至少也是并无大害，顶多是有一点有碍观瞻，如有外人参观，稍稍避一下也就罢了。有人认为乞丐是社会的寄生虫，话并不错，不过在寄生虫这一门里，白胖的多得是，一时怕数不到他罢？

从没有听说过什么人与乞丐为友，因而亦流于乞丐。乞丐永远是被认为现世报的活标本，他的存在饶有教育意义。无论交友多么滥的人，交不到乞丐，乞丐自成为一个阶级，真正的无产阶级（除了那只沙锅），乞丐是人群外的一种人。他的生活之最优越处是自由，鹑衣百结，无拘无束，街头流浪，无签到请假之烦，只求免于冻馁，富贵于我如浮云。所以俗语说："三年要饭，给知县都不干。"乞丐也有他的穷乐。我曾想象一群乞丐享用一只"花子鸡"的景况，我相信那必是一种极纯洁的快乐。Charles Lamb① 对于

① Charles Lamb（1775—1834），通译为查尔斯·兰姆，英国散文家、剧作家。

乞丐有这样的赞颂：

　　褴褛的衣衫，是贫穷的罪过，却是乞丐的袍
褂，他的职业的优美的标识，他的财产，他的礼服，
他公然出现于公共场所的服装。他永远不会过时，
永远不追在时髦后面。他无须穿着宫廷的丧服。
他什么颜色都穿，什么也不怕。他的服装比桂格
教派的人经过的变化还少。他是宇宙间惟一可以
不拘外表的人。世间的变化与他无干，只有他屹
然不动。股票与地产的价格不影响他，农业的或
商业的繁荣也与他无涉，最多不过是给他换一批
施主。他不必担心有人找他做保。没有人肯过问
他的宗教或政治倾向。他是世界上惟一的自由人。

　　话虽如此，谁不到山穷水尽谁也不肯做这样的
自由人。只有一向做神仙的，如李铁拐和济公之类，
游戏人间的时候，才肯短期的化身为一个乞丐。

运 动

　　大概是李鸿章罢，在出使的时候道出英国，大受招待。有一位英国的皇族特别讨好，亲自表演网球赛，以娱嘉宾。我们的特使翎顶袍褂的坐在那里参观，看得眼花缭乱。那位皇族表演完毕，气咻咻然，汗涔涔然，跑过来问大使表演如何。特使戚然曰："好是好，只是太辛苦，为什么不雇两个人来打呢？"我觉得他答得好，他充分的代表了我们国人多少年来对于运动的一种看法。看两个人打球，是很有趣味的，如果旗鼓相当，砰一声打过来，砰一声打过去，那趣味是不下于看斗鸡、斗鹌鹑、斗蟋蟀。人多少还有一点蛮性的遗留，喜欢站在一个安逸的地方看别个斗争，看到紧急处自己手心里冷津津的捏着两把汗，在内心处感觉到一种轻松。可是自己参加表演，就犯不着累一身大汗，何苦来哉？摔跤的，比武的，那是江湖卖艺者流，士君子所不取。虽然相传自黄帝时候就有"蹴踘"之戏，可是自汉唐以降我们还不知道谁是蹴球健将，我看了《水浒传》才知道宋朝一个"浮浪破落户子弟""高俅那厮"，"最是踢得好脚气球"。我们自古以来就讲究雍容揖让，纵然为了身体的健康做一点运动，也要有分寸，顶多不过像陶侃之"日运百甓"，其用意也无非是习劳，并不曾想把身体锻炼得健如黄犊。

士大夫阶级太文明了，太安逸了，固然肢体都要退化，有变成侏儒的危险，肩不能挑担，手不能提篮，有变为废物的可能，但是在另一方面，所谓的广大民众又嫌太劳苦了，营养不足，疲劳过度，吃不饱，睡不足，一个个的面如削瓜，身体畸形发展，抬轿的肩膀上头有一块红肿的肉隆起如驼峰，挑水的脚筋上累累的疙瘩如瘿木，担石头的空手走路时也伛偻着腰像是个猿人，拉车子的鸡胸驼背，种庄稼的胼手胝足，——对于这一般人，我们实在不愿意再提倡运动，我们要提倡的是生活水准的提高，然后他们可以少些运动。对于躺着吃饭坐着蹲膘的朋友们，我们可以因势利导劝劝他们试行八段锦太极拳，大概不会发生什么大危险；对于天天在马路上赛跑的人力车夫们，田径赛是多余的。

外国人保留的蛮性要比我们多一些，也许是因为他们去古未远的缘故。看他们打架的方式就可以知道，一言不合，便是直接行动，看谁的胳臂力量大，不像我们之善于口角，干打雷不下雨。外国人的运动方式也多少和野蛮人的生活方式有些关联。我看过美国人赛足球，事前的准备不必提，单说比赛前夕的那个"鼓勇会"（Pep Meeting）就很吓人：在旷地燃起一堆烽火，大家围着火旋转叫嚣，熊熊的火光在每

人的脸上照出一股"血丝糊拉"的狞恶相，队员被高
高的举起在肩头上，像是要去做祭凶神的牺牲，只欠
一阵阵冬冬的鼓，否则就很像印第安人战前的祭礼
了。比赛的凶猛也不必提，只要看旁边助威的啦啦队，
那真是如中疯魔生龙活虎一般，我们中国的所谓啦啦
队轻描淡写的比起来只能算是幼年歌咏团。再说掷
标枪，那不是和南非野人打猎一模一样的吗？打拳，
那更是最直截了当的性命相扑。可是我说这些话并不
含褒贬的意思。现在的外国人究竟不是野蛮人，他们
很早的就在运动中建立起一套规矩，抽象的叫做运动
道德。我们中国人夙来不好运动，可是一运动起来就
很容易口咬足踢连骂带打了。

　　美国学校的球队训练员是薪给最高的职位，如果
他能训练出一队如狼似虎的队员在运动场上建立几
次殊勋，他立刻就可以给学校收很大的招徕的功效。
"所谓大学，即是一座伟大运动场附设一个小小的学
院。"把运动当作一种霓虹广告，在外国已为人诟病，

在中国某一些学校里仍然不失其为时髦。学校里体育功课不可少，一星期一小时，好像是纪念性质。一大群面有菜色的青年总可以挑出若干彪形大汉，供以在中国算是特殊的膳食，施以在外国不算严格的训练，自然都还相当茁壮，伸出胳臂来一连串的凸出的肉腱子，像是成串的陈皮梅似的，再饰以一身鲜明的服装，相当的壮观，可惜的是这仅仅是样品而已。这些样品能孳生出更有价值的样品——锦标、银杯。没有锦标银杯，校长室和会客室里面就太黯淡了。

有人说，人的筋肉、骨骼的发达是和脑筋的发达成正比例的。就整个的民族而言，也许是的，就个人分别而言，可是例外太多。在学校里谁都知道许多脑力过人的人往往长得像是一颗小蹦豆儿，好多在运动场上打破纪录的人在智力上并不常常打破纪录，除非是偶然的破留校年数的纪录。还有一层，运动和体育不同，犹之体格健壮与飞檐走壁不同。体格健壮是真正的本钱，可以令人少生病多做事，至于跳得高跑得快玩起球来"一似鳔胶黏在身上",那当然也是一技之长,那意义不在要坛子、举石锁、踩高跷、踏软绳之下。

为了四亿以上的人建筑一座运动场,不算奢侈。我参观过一座运动场,规模不算小,并且曾经用过一次,只是看台上已经长了好几尺高的青草,好像是要兼营牧畜的样子。我当时的感想,就和我有一次看见我们的一艘军舰的铁皮上长满海藻蚌蛤时的感想一般。

医　生

　　医生是一种神圣的职业，因为他能解除人的痛苦，着手成春。有一个人，有点老毛病，常常发作，闹得死去活来，只要一听说延医，病就先去了八分，等到医生来到，霍然①而愈，试脉搏听心跳完全正常，医生只好愕然而退，延医的人真希望病人的痛苦稍延长些时。这是未着手就已成春的一例。可是医生一不小心，或是虽已小心而仍然错误，他随时也有机会减短人的寿命。据说庸医的药方可以辟鬼，比钟馗的像

――――――――

　　①　霍然，指疾病迅速消除。

还灵，胆小的夜行人举着一张药方就可以通行无阻，因为鬼中有不少生前吃过那样药方的亏的，死后还是望而生畏。医生以济世活人为职志，事实上是掌握着生杀的大权的。

说也奇怪，在舞台上医生大概总是由丑角扮演的。看过《老黄请医》的人总还记得那个医生的脸上是涂着一块粉的。在外国也是一样，在莫里哀或是拉毕施的笔下，医生也是令人啼笑皆非的人物。为什么医生这样的不受人尊敬呢？我常常纳闷。

大概人在健康的时候，总把医药看做不祥之物，就是有点头昏脑热，也并不慌，保国粹者喝午时茶，通洋务者服阿斯匹灵，然后蒙头大睡，一汗而愈。谁也不愿常和医生交买卖。一旦病势转剧，伏枕哀鸣，深为造物小儿所苦，这时候就不能再忘记医生了。记得小时候家里延医，大驾一到，家人真是倒屣相迎，请入上座，奉茶献烟，环列伺候，毕恭毕敬。医生高踞上座并不谦让，吸过几十筒水烟，品过几盏茶，谈过了天气，叙过了家常，抱怨过了病家之多，此后才能开始他那一套望闻问切君臣佐使。再倒茶，再装烟，再扯几句淡话（这时节可别忘了偷偷的把"马钱"送交给车夫），然后恭送如仪。我觉得那威风不小。可是奉若神明也只限于这一短短的时期，一俟病人霍然，医生也就被丢在一旁。至于登报鸣谢悬牌挂匾的事，我总怀疑究竟是何方主使，我想事前总有一个协定。有一个病人住医院，一只脚已经伸进了棺木，在病人看来这是一件很关重要的事，在医生看来这是常见的事，老实说医生心里也是很着急的，他不能露出着急的样子，病人的着急是不能隐藏的，于是许愿说如果病瘳要捐赠医院若干若干，等到病愈出院早把愿心抛到九霄云外。医生追问他时，他说："我真说过这样的话吗？你看，我当时病得多厉害！"大概病人对医生没有多少好感，不病时以医生为不祥，既病则不能不委曲逢迎他，病好了就把他一脚踢开。人是这样的忘恩负义的一种动物，有几个人能像 Androclus ① 遇见的那只狮子？所以医生以丑角的姿态在舞台上出现，正好替观众发泄那平时不便表示的积愤。

可是医生那一方面也有许多别扭的地方。他若是登广告，和颜悦色的招徕主顾，立刻有人要挖苦他："你们要找庸医么，打开报纸一看便是。"所以他被迫采取一种防御姿势，要相当的傲岸。尽管门口鬼多人少，也得做出忙的样子。请他去看病，他不能去得太早，要等你三催六请，像大旱后之云霓一般而出现。没法子，忙。你若是登门求治，挂号的号码总是第九十几号，虽然不至于拉上自己的太太、小姐坐在候诊室里来壮声势，总得摆出一种排场，令你觉得他忙，忙得不能和你多说一句话，好像是算命先生如果要细批流年须要卦金另议一般。不过也不能一概而论，

---

① Androclus，通译为安德鲁克里斯，罗马传奇故事中的一名奴隶，因帮狮子拔出爪子上的刺，在斗兽场上被狮子温和对待，最后获得自由。

医生也有健谈的，病人尽管愁眉苦脸，他亦能谈笑风生。我还知道一些工于应酬的医生，在行医之前，先实行一套相法，把病人的身份打量一番，对甚么样的人说甚么样的话。明明是西医，他对一位老太婆也会说一套阴阳五行的伤寒论，对于愿留全尸的人他不坚持打针，对于怕伤元气的人他不用泻药。明明的不知病原所在，他也得撰出一篇相当的脉案的说明，不能说不知道，"你不知道就是你没有本事"，说错了病原总比说不出病原令出诊费的人觉得不冤枉些。大概发烧即是火，咳嗽就是风寒，有痰就是肺热，腰疼即是肾亏，大致总没有错。摸不清病原也要下药，医生不开方就不是医生，好在符箓一般的药方也不容易被病人辨认出来。因为这种种情形的逼迫，医生不能不有一本生意经。

生意经最精的是兼营药业，诊所附设药房，开了方子立刻配药，几十个瓶子配来配去变化无穷，最大的成本是那盛药水的小瓶，收费言无二价。出诊的医生随身带着百宝箱，灵丹妙药一应俱全，更方便，连药剂师都自兼了。

天下是有不讲理的人，"医生治病不治命"，但是打医生摘匾的事却也常有；所以话要说在前头，芝麻大的病也要说得如火如荼不可轻视，病好了是他的功劳，病死了怪不得人。如果真的疑难大症撞上门来，第一步先得说明来治太晚，第二步要模棱的说如果不生变化可保无虞，第三步是姑投以某某药剂以观后果，第四步是敬谢不敏另请高明，或是更漂亮的给介绍到某某医院，其诀曰："推"。

我并不责难医生。我觉得医生里面固然庸医不少，可是病人里面浑虫也很多。有什么样子的病人就有什么样的医生，天造地设。

穷

人生下来就是穷的，除了带来一口奶之外，赤条条的，一无所有，谁手里也没有握着两个钱。在稍稍长大一点，阶级渐渐显露，有的是金枝玉叶，有的是"杂和面口袋"。但是就大体而论，还是泥巴里打滚、袖口上抹鼻涕的居多。儿童玩具本是少得可怜，而大概其中总还免不了一具"扑满"，瓦做的，像是陶器时代的出品，大的小的挂绿釉的都有，间或也有形如保险箱，有铁制的。这种玩具的用意就是警告孩子们，有钱要积蓄起来，免得在饥荒的时候受穷，穷的阴影在这时候就已罩住了我们！好容易过年赚来几块压岁钱，都被骗弄丢在里面了，丢进去就后悔，想从缝里倒出是万难，用小刀拨也是枉然。积蓄是稍微有一点，穷还是穷。而且事实证明，凡是积在扑满里的钱，除了自己早早下手摔破的以外，大概后来就不知怎样就没有了，很少能在日后发生什么救苦救难的功效。等到再稍稍长大一点，用钱的欲望更大，看见什么都要流涎，手里偏偏是空空如也，那时候真想来一个十月革命。就是富家子也是一样，尽管是绮襦纨绔，他还是恨继承开始太晚。这时候他最感觉穷，虽然他还没认识穷。人在成年之后，开始面对着糊口问题，不但糊自己的口，还要糊附属人员的口。如果脸皮欠厚心地欠薄，再加上祖上是"忠厚传家诗书继世"的话，他这一生就休想能离开穷的掌握。人的一生，就是和穷挣扎的历史。和穷挣扎一生，无论胜利或失败，都是惨。能不和穷挣扎，或于挣扎之余还有点闲工夫做些别的事，那人是有福了。

　　所谓穷，也是比较而言。有人天天喊穷，不是今天透支，就是明天举债，数目大得都惊人，然后指着身上衣服的一块补丁或是皮鞋上的一条小小裂缝作为他穷的铁证。这是寓阔于穷，文章中的反衬法。也有人量入为出，温饱无虞，可是又担心他的孩子将来自费留学的经费没有着落，于是于自我麻醉中陷入于穷的心理状态。若是西装裤的后方越磨越薄，由薄而破，由破而织，由织而补上一大块布，细针密缝，老远的看上去像是一个圆圆的箭靶，（说也奇怪，人穷是先从裤子破起！）那么，这个人可是真有些近于穷了。但是也不然，穷无止境。"大雪纷纷落，我住柴火垛，看你们穷人怎么过！"穷人眼里还有更穷的人。

　　穷也有好处。在优裕环境里生活着的人，外加的装饰与铺排太多，可以把他的本来面目掩没无遗，不但别人认不清他真的面目，往往对他发生误会（多半往好的方面误会），就是自己也容易忘记自己是谁。

穷人则不然，他的褴褛的衣裳等于是开着许多窗户，可以令人窥见他的内容，他的荜门蓬户，尽管是穷气冒三尺，却容易令人发见里面有一个人。人越穷，越靠他本身的成色，其中毫无夹带藏掖。人穷还可落个清闲，既少"车马驻江干"，更不会有人来求谋事，讣闻请笺都不会常常上门，他的时间是他自己的。穷人的心是赤裸的，和别的穷人之间没有隔阂，所以穷人才最慷慨。金错囊中所余无几，买房置地都不够，反正是吃不饱饿不死，落得来个爽快，求片刻的快意，此之谓"穷大手"。我们看见过富家弟兄析产的时候把一张八仙桌子劈开成两半，不曾看见两个穷人抢食半盂残羹剩饭。

穷时受人白眼是件常事，狗不也是专爱对着鹑衣百结的人汪汪吗？人穷则颈易缩，肩易耸，头易垂，须发许是特别长得快，擦着墙边逡巡而过，不是贼也像是贼。以这种姿态出现，到处受窘。所以人穷则往往自然的有一种抵抗力出现，是名曰：酸。穷一经酸化，便不复是怕见人的东西。别看我衣履不整，我本来不以衣履见长！人和衣服架子本来是应该有分别的；别看我囊中羞涩，我有所不取；别看我落魄无聊，我有所不为。这样一想，一股浩然之气火辣辣的从丹田升起，腰板自然挺直，胸膛自然凸出，徘徊啸傲，无往不宜。在别人的眼里，他是一块茅厕砖——臭而且硬，可是，人穷而不志短者以此，布衣之士而可以傲王侯者亦以此，所以穷酸亦不可厚非，他不得不如此，穷若没有酸支持着，它不能持久。

扬雄有逐贫之赋，韩愈有送穷之文，理直气壮的要与贫穷绝缘，反倒被穷鬼说服，改容谢过肃之上座，这也是酸极一种变化。贫而能逐，穷而能送，何乐而不为？逐也逐不掉，送也送不走，只好硬着头皮甘与穷鬼为伍。穷不是罪过，但也究竟不是美德，值不得夸耀，更不足以傲人。典型的穷人该是颜回，一箪食，一瓢饮，在陋巷，不改其乐。不改其乐当然是很好，箪食瓢饮究竟不大好，营养不足，所以颜回活到三十二岁短命死矣。孔子所说"饭疏食饮水，曲肱而枕之，乐亦在其中矣"，譬喻则可，当真如此就嫌其不大卫生。